无敌女孩GoGoGo

王力芹/著

長春出版社
全国百佳图书出版单位

图书在版编目（CIP）数据

无敌女孩 Go Go Go / 王力芹著. —长春：长春出版社，2014.5
（中学生心灵成长故事）
ISBN 978-7-5445-3262-4

Ⅰ.①无… Ⅱ.①王… Ⅲ.①中篇小说—中国—当代 Ⅳ.①I247.5

中国版本图书馆 CIP 数据核字(2014)第 028247 号

无敌女孩 Go Go Go

著　　者：王力芹
责任编辑：程秀梅
封面设计：小　乔

出版发行：長春出版社　　总编室电话：0431-88563443
发行部电话：0431-88561180　　读者服务部电话：0431-88561177
地　　址：吉林省长春市建设街 1377 号
邮　　编：130061
网　　址：www.cccbs.net
制　　版：长春市大航图文制作有限公司
印　　刷：吉林省吉育印业有限公司
经　　销：新华书店

开　　本：787 毫米×1092 毫米　1/16
字　　数：108 千字
印　　张：11.75
版　　次：2014 年 5 月第 1 版
印　　次：2014 年 5 月第 1 次印刷
定　　价：23.50 元

序

近年来，社会变迁的方式与速度常令人错愕，许多人面对瞬息万变的生活形态，可能慌乱了手脚，以致招架不住，有苦说不出。尤有甚者，是部分家庭的经济在一夕之间崩解，庞大的财务问题压垮人的斗志，并选择以毁灭性的手段为人生做结。

这样的新闻报道不免令人唏嘘，难道没有其他路可走了吗？前途当真无“亮”？

我们过去所学过的“吃苦当成吃补”“不经一番寒彻骨，焉得梅花扑鼻香”的自我砥砺话语，就这么轻易忘记了吗？

其实当成人身陷苦难的同时，就学中的子女也一样苦不堪言。如何从困境中再出发，仅在当事人的一念之间。禁得起考验的人，正面迎上生活挑战，努力奋斗，方可持续开创个人生命中的无限可能。

这样的人生态度是积极的，是可取的，对孩子而言更具有正面的教育意义。受父母不被困境打败的决心影响，孩子看在眼里当然也会力争上游。

这些没被挫折打败的人，需要社会大众给予温暖关怀，而他们在挫败中吸取经验，放下身段重新再来的精神，值得被肯定、被鼓励。尤其是一些因为环境因素而必须自力更生的孩子，他们旺盛的生命力与全心朝目标前进的态度，更值得大家为他们喝彩，并向他们学习。

每个人的未来都掌握在自己的手上，端看各人如何设定自己的未来。本书中的艾靓在父亲事业失败，转赴外地试图东山再起之际，便决定了自己将要面对的困难生活方式。尽管家境骤变后的生活潜藏种种不如意，甚至还有层出不穷的考验，但这些都无法击退艾靓高昂的斗志，她愈挫愈勇，始终相信“山重水复疑无路”之后，必定能够“柳暗花明又一村”。

一个人若能有书中艾靓这般乐观进取的生活态度，相信自己的坚持及努力，未来一定是前途无量。

期盼《无敌女孩 Go Go Go》一书能够带给年轻孩子更多鼓舞。

目 录

楔　子

“等着瞧吧，就别让我把这事情办好。哼，逢迎拍马的小人，跩什么跩？”

艾靓气呼呼地嘟囔着，双颊鼓得像塞了两颗橄榄在里头似的，心里一股怨气无处发泄，只好边走边踢着路旁的草坪。

活该，谁教校园里的草要长在地上。愤怒中的艾靓不自觉地迁怒于眼前事物。

哼！难怪以前的学长学姐会给你取这个绰号——老巫婆，还真是名副其实呢！

老巫婆，你放弃我这么有能力的人不用，反而将手伸进会议里，硬是让那个“无用心”得了个便宜。“无用心”只是长得好看、家里多点金罢了，他老爸都已经帮他取名为“无用心”了，他还能做出什么？

老巫婆，你的脑袋里是装糨糊吗？这么明显的事你都看不出来，还说自己有多少年的教学经验？我看是“浇水”经验啦！

艾靓为了刚才决定毕联会会长一事，心里正堵着，嘴里不断喃喃自语。和她擦身而过的学生，有人不解地看着她，也有人交头接耳议论着。

“咦，这人是怎么了？吃错药啊？一个人自言自语的。”

“八成是和男朋友吵架吧？看她气呼呼的。”

“真可怜！”

“……”

艾靓丝毫不觉自己已经成为众人指指点点的目标，此时的她，还一直想着刚才毕联会会长选举的那一幕。

“艾靓，十票。”

“吴用新，十票。”

“哦……艾靓和吴用新相同票数……”

全三年级共二十个班级，每班选出一位毕联会代表，共同筹办所有毕业事宜。为了让所有事项顺利进行，在二十名毕联会代表中，再分别选出会长和副会长主司统筹联系，没想到竟然那么凑巧，艾靓和吴用新各得十票。

怎么会这样？

艾靓自认暑期辅导期间，已经竭尽所能地和各班毕联会代表沟通交流，照理来说不该有这样的票数啊？

显然也有些班级代表不认同这样的结果，会议室里发出了要求重选的声浪。

“重新投票。”

“对，重来一次。”

“再投一次。”

不料，面对这个能让高三学生学习民主的关键时刻，主任却做了最错误的决定。

“不必再费时重来一次，我的这一票投给吴用新，十一票对十票。我现在宣布，第十三届毕联会会长吴用新，副会长艾靓。”主任有意在最短时间内造成既定事实。

“咦？怎么会这样？”

“主任可以投票吗？”

“主任又不是我们毕联会代表。”

有几位班级代表为这种结果提出质疑，但主任却说：“毕联会归课外活动组辅导，我这一票投得当然合理。好了，既然我们已经顺利选出会长、副会长，今天的会议就到此为止，以后请各班代表协助正、副会长将第十三届毕业班的所有活动办得尽善尽美。”

顺利？谁顺利啊？是主任自己吧？平白让她做了人情。

主任离开时满脸得意，吴用新也春风满面地随主任而去。艾靓只觉得不公平，澎湃激昂的情绪如涨潮的潮汐，一波波打来，就快灭顶。幸好还有几位略带侠义之气的毕联会代表与她同在，并出言安慰她。

“艾靓，算啦，反正毕联会这差事吃力不讨好，又会瓜分学习时间。看老巫婆的样子，分明是被吴家收买了，我们好女不和他们斗，若真要比，等考上了一流大学，才知道谁有本事。”

“对啦，对啦，不必稀罕会长职务。”

“像这种鞠躬尽瘁也不会有薪水的职务，不做也罢。”

其实对艾靓而言，倒也不是稀罕毕联会会长头衔，而是想借此磨炼自己，等将来上了大学之后，或许可以因此找到更能发挥自己才能的机会。

艾靓自知没有吴用新的显赫家世，而爸爸在一年多前经商失败，家里的经济状况每况愈下，不过，也正因为目前困顿的情况，才更激发了艾靓奋发向上的斗志。

争取毕联会会长失利，等于失去一个自我成长的机会，艾靓还需要一些时间才能平复情绪。而此时艾靓愤恨难平，她倒要看看那个吴用新究竟有几分实力？

只不过，他的爸爸也真是奇怪，为什么帮儿子取个“无用心”的怪名字，呵呵……

想到这里，艾靓忍不住发癫似的笑了出来，奇怪的举止引来不少投注在她身上的异样眼光。

迎面走来的刘盼盼看着一旁好事者纷纷对艾靓行注目礼，不禁感到疑惑，这不是艾靓一贯的作风啊？艾靓向来介意大家对她的评论，尤其在她家家道中落之后，她更是努力地想呈现出自己最出色的部分。怎么此时竟由着别人看她笑话呢？

难道是她遇到了什么挫折，或是受到重大刺激，以致失常了？

刘盼盼三步并做两步地跑到艾靓跟前，挡住艾靓的去路，劈头就问，“艾靓，你疯啦？”

“……”回应她的，是艾靓无神的双眸。

惨了，这疯得还不轻，要想办法让她赶快回魂才行。

刘盼盼拉着艾靓的手焦急地问：“怎么了？艾靓，

你嘴里叨咕，究竟是在念什么啊？大家都在看你呢，艾靓。”

好一句“大家都在看你呢”，艾靓一听到这话，顿时如梦初醒。环顾四周，还真有一群向她行注目礼，并且议论纷纷的同学。

看这情形，自己刚才一定丑态毕露。不行，不能让大家看见自己不优雅的样子，艾靓努力使自己镇定下来，不过，这时的她最想做的事，是对着这些人大吼一声：“看个屁啊？”

只是，如此一来有损她全年级排名第一的荣耀，这份荣耀可是得来不易。

这么一想，艾靓立即露出甜美的笑容对四周一一巡礼，原本还在窃窃私语的人，一触及艾靓锐利的眼神，仿佛被蜂螫到，立刻噤若寒蝉，并迅速地从艾靓眼前消失了。

围观的人总算都不见了，这下艾靓终于可以好好跟刘盼盼一吐心里的窝囊气了：“哼，胖胖，你都不知道有多气人！”

“你不是去开毕联会的筹备会？”

“就是这件事情让人生气。”

“怎么了？什么事让你气成这样？我看你一会儿叨咕，一会儿傻笑，连出这么大的糗，自己都没感觉。”盼盼想不出有什么事会让艾靓失常。

“你不知道，我们那个讨厌的柳主任啊……”

“你是说那个老巫婆啊！”

“对，就是她。刚才毕联会开会，许多代表推选我当会长，我自己也自告奋勇，她竟然硬是将我挤下来，害我只能当副会长，简直是瞧不起人啊。”

“什么？她真的只让你当副会长？”刘盼盼那瞪大的双眼，透露出难以置信及即将爆发的怒气。

“真的啊，就因为她伸进一只黑手，我就只能当副手。”

“哇，宇宙超级无耻！”

“嗯，真无耻。”

“那是谁当会长？”

“家长会长的儿子。”

“家长会长的儿子？”

“对啊，就是那个‘无用心’啊！”

“怎么可以这样？亏那个老巫婆还是女的，居然不帮我们女性同胞！”

“就是嘛！”

“我就说嘛，通常都是女性为难女性，没想到连老师也是这样。”

“老师？有些老师兼了行政工作，就变得有点势力，唉！权力啊！”

“要‘拳’？我给她好了。”刘盼盼握拳怒道，“倚老卖老的人最讨厌了。”

“算了吧！反正我们也从来没喜欢过老巫婆。”艾靓这句话说出校园里许多人的心声，刘盼盼因此笑了。

“哈哈……说得也对，谁喜欢那个老巫婆啊？又不是吃错药了。”

正在两人聊得忘我时，平日动作缓慢，外号“阿慢”的张嘉荷和“小秋”吴临秋，也被刘盼盼的爽朗笑声吸引了过来。

“胖，你们在说什么？”张嘉荷喊着盼盼的绰号问道。

“对嘛，说来听听。”

“哼，你们不知道，那个老巫婆居然不让艾靓当毕联会会长，而是让家长会长的儿子当，你们说气不气人？”

“怎么可以这样？没道理。”

“道理是老巫婆自己定的。”

“不民主。”

“你现在才知道啊，老巫婆专横霸道……”

“好啦，胖胖，都已经成定局了，又能怎样？”艾靓打断了刘盼盼滔滔不绝的怒骂。

“艾靓，老巫婆让谁当会长？”吴临秋问。

“胖胖刚刚说了，家长会长的儿子吴用新。”艾靓再说一次。

“无用心？哦！老巫婆真是瞎了眼，那人的名字都已经是‘无用心’了，老巫婆还让他当会长，摆明是抱家长会长的大腿嘛！”阿慢说。

“哦？”

艾靓等人听到阿慢义愤填膺的话，彼此互看一眼，忍不住哈哈大笑。

“哈哈……说得好，抱大腿！”艾靓虽然自诩为优雅女孩，也不禁放声大笑。

“就是嘛，老巫婆除了拍马逢迎之外，还会什么？”小秋说。

“抱大腿啊。”阿慢又说了一次。

刘盼盼边笑边说道：“我看八成是老巫婆拿了吴家什么好处，不然就是老巫婆和‘无用心’的老爸‘关系匪浅’。”

“哦？‘关系匪浅’？哈哈……”众人先是愣了一下，接着又大笑起来。

“哈哈……”

她们的放肆狂笑，引起了身旁经过的人奇异的眼光，然而她们四人只顾笑得眼角渗出泪水、笑得前仰后合，根本没空理会其他人不一样的眼光。

这一笑，笑得艾靓的怨气渐消，她喘着气说：“哼，没关系，她不让我当会长，只当副手也行，我还是可以把毕联会搞得有声有色。”

“对。”

“我爸说过，有能力的人，不管在什么职位，都能把事情做好。”

“嗯，我同意你老爸的话，我也相信你做得到，艾靓，我支持你。”

“谢啦！”

经过这么一阵抒发，艾靓心情好多了，于是和刘盼盼、阿慢、小秋四人一起走回教室。

脾气来得快、去得也快的艾靓，已经不再计较什么会长、副会长的头衔，她只知道，无论是不是在那个位置上，最重要的，是要做出一番成绩。

情绪平复之后，艾靓想到自己平时打工又忙又累，而这个星期六，何叔叔有个家庭聚会，她不想触景伤情，又想到爸爸和哥哥，干脆提议周末来个欢唱会，放松一下。

“这个星期六，我下班后一起去KTV唱歌好不好？”

“星期六？ KTV唱歌？”

咦？这个人不是刚刚还气得吹胡子瞪眼，怎么才一眨眼的工夫，气就消了？刘盼盼满脸不可思议地望着艾靓，实在搞不懂她的心思。

“干吗这样看人？没看过吗？我可是美女呢。”艾靓拉着刘盼盼的手晃来晃去。

“我当然知道你是美女，但是不知道你这个美女这么奇怪。”

“怪？我哪儿怪了？”艾靓指着自己的鼻头不解地问，“我可是有着双眼皮、大眼睛、高挺的鼻子，加上一张樱桃小口。”

“知道你五官美啦，好不好？可是你几分钟前还气得满脸通红，我们也不过走到教室而已，你气就消了，还说要唱歌，这不是很奇怪吗？”刘盼盼甩下艾靓另一只还在摇她的手。

“对哦。”小秋和阿慢两个应声筒也跟着附和。

“哦，这个啊，嘿嘿嘿……”艾靓摸摸自己脸颊，尴尬地笑着。

“你啊，别来这套……”刘盼盼自己也笑了，“不过，你这样不累吗？”

“对啊，你不累吗？艾靓。”小秋也发出同样的疑问。

“累？”

“是啊，你下班后接着就去唱歌，不累吗？”刘盼盼想到艾靓这个自立自强的女孩，在课外辅导班带着一群小一、小二的小鬼，星期六被那群小鬼缠了一天，她还有体力唱歌？

“哦，那个呀，小 case 啦，怎么会累？”艾靓在课外辅导班都能和小朋友们打成一片，一点儿也不觉得累。

“啥？和那一群小魔鬼搅和在一起还不累啊？”阿慢觉得真是不可思议，和一群难以管教的小鬼同在一室，艾靓居然不以为苦，要是换成她，早就头皮发麻了。

“他们很可爱呢！”

什么？艾靓竟然还称赞那群小魔鬼可爱，天哪！刘盼盼举起双手投降，“我败给你了，艾靓，你真是有母爱啊！”

“我也投降。”

“艾靓，我输你。”

“去你的母爱。”看到三个好友的反应，艾靓回了这么一句，也不知道她究竟认不认同好友们的话，反正也没人会去考证。

不过艾靓也说了，“就是会累，才要放松一下嘛！”

“还是会累吧？就不信你多能撑。”

第 1 章　寄人篱下

这是市郊一所创办才十三年的私立高中，因为校长办学的理念是“全面发展”，校风相当活泼开明，几年下来获得了社会大众不错的评价，升学率年年攀高，早已突破 75%，还有 50%考上公立大学呢。

这样优质的学校是许多人梦寐以求，挤破头也想进来的学校。但是私立学校的学费通常都很昂贵，除了高级公务员及政商名流有能力将子女送进这所学校之外，一般基层劳工是想都不敢想的。

再者，即使学校如此大受好评，来到这里的孩子也得真心认同学校的教育理念，并且服膺学校的一切做法，才能真正有所收获。

艾靓早在初中阶段，就十分向往这所学校，她希望能在一个没有过多压力，而且不是填鸭式教育的学校里学习。

爸爸肯定艾靓对自己的期许、对学习环境的要求，于是他告诉艾靓：“你的成绩至少要考过两百五十分，这样我花钱培育你也才值得啊！”

艾靓明白爸爸这么说是想鼓励她用功读书，况且对她而言，考试要拿两百五十分，并不是一件困难的事。

“两百五十分啊？简单啦。”

“小靓，虽然你的成绩向来不错，但是一样不能掉以轻心哦，你没听过一句话‘大意失荆州’吗？”

“这我知道，就是三国时代，蜀国关羽在镇守荆州时，因为出兵攻打曹操，没有严密防守好荆州，以致荆州被孙权趁机袭取了。”

“嗯，看来你不是读死书的。”

“当然啦，所以我才想要去全面发展的学校。爸，你放心，我是要去读书，不像有些人是因为考不好，又怕到三流私校被同化了，才用钱堆进学校。”

“好好，你有这等骨气，不愧是我艾豪的孩子，爸爸相信你做得到。”

因为爸爸的支持，还有哥哥经常自国外以E-mail鼓励她，艾靓果真没让爸爸失望，争取到进入这所高中的机会，考试成绩甚至比艾豪要求的两百五十分还多出八分呢。

在艾靓的初中时期，爸爸的事业正如日中天，她和哥哥艾青在生活上一直无忧无虑，而艾豪也早就为兄妹俩的学习做好规划，打算让他们完成基础教育后，直接到国外念大学以及研究生的课程。

艾靓初三时，成绩不错的哥哥听从爸爸的规划，高中毕业后便申请进入美国的大学。从那时起，艾靓也等着高中毕业后跟随哥哥的脚步，前往美洲开创人生。

可惜好景不长，艾豪的生意在恶性竞争的商场和尔虞我诈的人际关系中，惨遭同业扯后腿，营运出现困境，甚至还有对手运用关系，逼使银行团对艾豪中断融资融通。

一夕之间，风云变色。

这是发生在艾靓高一上学期刚结束时的事，本来还在云端的艾靓一下子跌落下来，她无法相信爸爸的事业瞬间破产了，但现实状况却恶劣得教人不能不信。

“爸，怎么会变成这样？”

“小靓，爸爸对不起你，下学期爸爸恐怕没办法让你注册……”

“啊？不能注册？”

艾靓想到自己的大学梦，想到很远的未来，她绝对不能在这个时候中断学业，无论情况如何恶劣，一定要想出解决办法。

哥哥也给她一些建议，像是申请助学贷款，或是去加油站、麦当劳打工等，无论如何，就是鼓励艾靓不能中断学业。

“爸，我不要中断学业，哥说……”

“爸爸现在已经一无所有，还债务缠身，小靓……不但你……连小青……我也没办法……”

“爸，我和哥都明白……我可以申请助学贷款，我可以去打工，我……我一定要继续读下去。”

“小靓……”

艾靓度过一个最难受的寒假，就连应该是全家人团聚的农历年，也在哥哥因家里经济破产无法回来，爸爸又远走外地的情况下，只能窝在爸爸的好友何叔叔家里。幸好通过偶尔和爸爸通通电话，和哥哥写写 E-mail 或在 MSN 上互相加油打气，艾靓心里的难过才慢慢平缓下来。

何叔叔家勉强只能说是艾靓遮风避雨的地方，要说有什么家庭温暖的感觉，那是不可能的，因为那个家不是只有何叔叔一个人。

艾豪忍痛将公司结束，变卖房产，处理部分债务后，决定到外地东山再起。临出发前，他语重心长地对艾靓说："小靓，爸爸实在很抱歉，我们在台湾的事业已经垮了，爸爸唯一的选择是到外地去，一切从头再来。等爸爸在那边的生意稳定了，说不定暑假时就可以接你过去了。"

"爸，为什么一定要去那边？在这里不能做吗？"

"傻孩子，台湾已经没有竞争优势了，人工成本、物料成本都比外地高很多，爸爸如果继续留在这里，怎么有办法和其他同业竞争？更别想要翻身了。"

"可是……"

"你从小就很懂事，你妈走的时候，你也很坚强。让你住在何叔叔家只是暂时的，爸爸相信何叔叔一家会像对待家人一样对待你的。"

艾靓一想到从今以后要过着寄人篱下的生活，心里不禁有点排斥，但是为了不让爸爸操心，她藏起那份不自在，用她一贯的活泼语气说：“我在何叔叔家当然会过得好啦，因为少了爸爸在旁边叨念，而且何叔叔家还有一个可爱的妹妹呢！”

“好啊，小鬼，你竟然嫌爸爸啰唆！”

“我可没有这么说，是你自己讲的哦。”

父女两人的对话虽然轻松，但是面对即将到来的分离，他们心里都潜藏着依依难舍的情绪。为了让艾靓日后有更好的生活，艾豪必须忍住这份父女别离的伤痛。

至于艾靓，为了让爸爸无后顾之忧，好好在外地重新开始，她更是表现得无比坚强与镇定，因为唯有如此，爸爸才能放心，全力冲刺他的事业。

于是就在冷冷的冬天，艾靓拉开了寄人篱下的序幕。

她知道爸爸到外地发展，一定也很困难，为了不增加爸爸的负担，艾靓告诉爸爸她想去打工，赚取自己的生活费。

“爸，你不必担心我，我会把自己照顾好的。”

“小靓长大了，真懂事。”

“还有，爸，你不必为我准备生活费，我自己打工就够了。”

“这怎么行？”

“爸，没什么不行的，我初中同学还有人为了工作只能读进修班，别人行，我当然也行。”

艾靓要自己赚取生活费的原因，除了想减轻爸爸的负担之外，另一方面是不想增加何叔叔的困扰，这样，爸爸也可以少欠何叔叔的人情。

除此之外，下课后去打工，还能减少待在何家的时间。因为自爸爸第一次带她去何叔叔家拜访时，艾靓就知道自己无法从何妈妈那里获得母亲般的照顾，后来再看到何叔叔一家人温馨美满的样子，更让艾靓在心里暗自发誓，要尽量避开触景伤情的时刻。

放学后接着打工的艾靓，回到家都已将近十点，洗过澡，再把握时间念书。这样没有胡思乱想的机会，也就不会因何家的幸福家庭样貌而难过，更没时间在意何妈妈和何鹃茹的白眼，以及带刺的话。

何明康和艾豪虽是多年老友，但突然多一个艾靓住到家里，小心眼的何太太打一开始就不是很赞同。她并不愿意将照顾自家女儿鹃茹的心力分一些在艾靓身上，但是丈夫既已答应艾豪，她也不得不点头应允。

所以当艾靓住进何家之后，除了何太太不大搭理她之外，骄纵的何鹃茹更是随时找艾靓麻烦。

"喂，这是你的伞吗？"

刚要踏上楼梯的艾靓直觉那不客气的问话是冲着她来的，转身一看，果然，何鹃茹正拽着她那把伞的伞柄。

"别把你的伞跟我的放在一起。"何鹃茹话刚说完，便将伞桶里艾靓的伞扯出来。

因为放学时下雨，艾靓回到何家后便将湿淋淋的伞暂放在伞桶里，但她没想到，小心眼的何鹃茹竟连这件小事也容不下。

“你……”

“我怎样？”何鹃茹双手抱胸，十足挑衅意味。

艾靓想想，好汉不吃眼前亏，还是识时务点吧：“……我拿走就是了。”

艾靓心里恨得牙痒痒，这个小恶女这么霸道，老天有眼，就罚你走路跌个狗吃屎！诅咒完何鹃茹，艾靓心里才平静一些。

可是还滴着水的伞，免不了滴了几滴在地板上，此时，换另一个恶女何太太开骂了：“要死了，伞上那些脏的雨水也滴在屋里，地板不用你拖，你就这样是吗？艾靓，把你的伞拿出去！”

“哦。”

无奈之余，艾靓只好将她的伞放到屋外，心里不免一阵凄凉，想着这对母女连一把伞都容不下，更何况是自己这么大一个人呢？

对于艾靓受到的委屈，何叔叔一点儿都不知情。艾靓感念何叔叔收留她，于是全都忍下来，从没透露过半个字。

原先艾豪打算如果在外地一切顺利，艾靓上高二时就可以将她接过去读书。但是在不一样的市场环境下，重新起步并非那么容易，因此接艾靓到外地一起生活的计划也只好延迟了。

一晃眼，一年多的时间过去，艾靓已经升上高三了。

升上高三，艾靓意识到愉快的高中生涯就快告一段落，应该把握机会，让自己的高中生活留下美丽的回忆，于是新学期一刚开始，艾靓就自告奋勇担任毕联会的核心人物。

能为全体毕业生筹划毕业典礼、毕业纪念册和毕业礼物等，在艾靓心里是多么有意义的事啊！

然而艾靓自告奋勇进入毕联会的事，很快就在校园里传开来。认识艾靓的人知道她是个热情活泼又有能力的女孩，也知道她家里只有她和哥哥两个孩子，妈妈在她初一时过世，爸爸对两个孩子的教育态度十分开明，所以对于艾靓毛遂自荐担任班级毕业生代表的这件事，并不觉得有什么好大惊小怪，甚至是乐观其成。

反而是一些不认识艾靓的人，都以一副看笑话似的态度在背后说长道短。

“那个三班的艾靓，真不要脸，还毛遂自荐要进毕联会。”

“什么？不是班上同学推选吗？他们三班怎么这么奇怪？”

“这还没什么，她还想当会长呢！”

“什么啊？会长？凭她？”

“我真想看看她到底长什么样子，怎么这么爱出风头？”

“我就不信她能做什么，最好主任只让她在毕联会里打杂。”

这些伤人的话让艾靓的好友们听见，不可避免地也传进艾靓耳朵里。

艾靓乍听之时，虽然也有些不悦，但是和好朋友们一比，她的神情根本算不得是生气了。

“喂？艾靓，你不生气吗？”刘盼盼不解地问。

“生气？还好啦！”

“啥？还好？这些人也不怕舌头烂掉，居然净说那些瞧不起你的话。”

“别理她们，她们是羡慕加嫉妒啦！”

“哦，可是真让人生气呢。”刘盼盼气得眼泛红丝，一副要吃人的样子。

“对啊，我们听到时也很生气。”小秋出声说道。

“这些话是谁说的？小秋，你说你从哪里听来的？艾靓，我们去找她们理论。”刘盼盼气得快要喷火了。

“没这个必要。”

“我也不知道是谁说的，是我上厕所时听到的。”小秋小声回答。

“谁和你一起去厕所，谁？你们有看到是哪些臭三八说的？”看着刘盼盼龇牙咧嘴的模样，小秋和阿慢也有些心惊胆战。

“昨天是我和小秋一起去厕所……”

“所以，阿慢，你有看到啦？”刘盼盼以为有了一丝线索。

“可是……我也在厕所里……”阿慢说。

“啊，你们两个真是的，干吗一起进厕所？”

“唉，要说清楚，我们是同时上厕所，使用不同间，我们不是一起进同一间哦。”小秋解释。

“哎呀，随便啦，不过你们既然听到有人诽谤艾靓，怎么不马上出来堵她们的嘴？你们真是的！”

“可是……我在上大号呢。”阿慢一脸无辜。

“用什么堵？”小秋问。

刘盼盼非常不齿那种背后道人长短的人，一听小秋这么问，情急之下居然回答：“就用厕所垃圾桶里的废弃物去堵啦！”

刘盼盼这句话才说完，包括艾靓在内的众女孩纷纷露出受不了的表情。

“哦，很恶呀，胖，你真恶心。”小秋说。

“会被记大过吧？”阿慢提出自己的看法。

“唉，犯不着给自己惹麻烦吧！”艾靓还是没脾气地说着。

看到好友为她所受的委屈如此气愤，艾靓心里十分感动，但她绝不会因为冲动，破坏了自己长久以来努力建立的好声誉，她还想进一流大学呢！

不过现在是皇帝不急，急死太监，自己不能不安抚一下。

“哼，那些人是酸葡萄，我懒得理她们，你们也就别再生气了。”

“这口气你忍得下去啊？”刘盼盼好奇地问着。

“你忘了吗？老师说过‘忍一时风平浪静，退一步海阔天空’啊。”

“忍个头啦，退一步根本是掉到悬崖下，这种强人所难的事，最好是有人能做到。”

“不然呢？胖胖，你说我该怎么做？找人去敲断她们的牙齿，让她们从此闭嘴？”

“我可没叫你使用暴力哦。”

刘盼盼心想，自己刚才说的也不过是拿秽物去塞好事者的嘴，并没有想到使用暴力，艾靓这一说，她反而吓了一跳。学校对于打架闹事的学生绝不通融，只有退学一条路，她才不想被学校开除，也不想面对父母的责怪。

“所以啦，就不要跟她们一般见识嘛！”

“哇，艾靓，你度量真大呀。”小秋说。

“什么？小秋你是拐着弯骂我胖？”

“我哪有？人家是赞美你有度量呢！”

“你还说，欠扁啊？”艾靓故意抡起拳头要敲向小秋的肩膀。

小秋见状，拉起阿慢的手就往前跑，刘盼盼则是抓着艾靓的手，拔腿就要追去，方才那些让人不愉快的事，就在几个女生的追赶跑跳中被风吹散了，只听见远方传来青春爽朗的笑声。

其实乍听同学议论她的那番话，艾靓的心里也是一阵波涛汹涌。虽说“是可忍，孰不可忍”，但是为了自己美好的未来，没必要和她们争这一时之气。

爸爸经营的公司垮了，现在他到外地重新开始，而哥哥和自己必须自食其力。失去了父亲强而有力的依靠，她拿什么与人较量？不就是亮眼的成绩与表现？如果一味和对方争辩，不是更为自己树敌吗？

哥哥前两天才在MSN上告诉她，“低调”是一种很好的保护色，一个人如果不懂适时收起锐气与光芒，很快就会有意想不到的灾难发生，爸爸事业的崩坍，就是一个活生生的例子。

艾靓从哥哥的话里，明白现阶段自己必须独自面对困境，如果不懂得低调、不懂“韬光养晦”，恐怕会招来更多不堪的批评。所以，一定要咬紧牙关忍住一切。

艾靓记得爸爸临出发前一再告诉她：“小靓，以后辛苦你了，但是你要忍、要熬，只要能熬、能忍，熬出头了，一切成果都是你的。”

就是爸爸告诉她的这句话，让她能够在面对何妈妈难看的脸色时，忍下所有委屈。

所以，学校里的区区流言又算什么？艾靓要的是修成正果！

艾靓坚定自己不轻易放弃挑战的精神，不去理会那些不看好她的异样眼光，专心做好毕联会副会长的职务。每天在校园里来来去去时，对于飞进耳朵里的流言蜚语，艾靓一律左耳进右耳出，时时提醒自己有更重要的任务。

在功课方面，艾靓清楚自己必须保持良好的成绩，才能争取到减免学杂费的待遇。如此，不但可以省下每学期一笔为数不少的注册费，将来毕业后不论是出国读书，或是在岛内推荐申请大学，也才有比较大的胜算。

而现在既然已经接下毕联会，就算只是副会长，艾靓也一定要做得有声有色，好将那些说闲话的嘴巴给堵上。

除此之外，艾靓每天下课后还会到课外辅导班打工，那些小弟弟、小妹妹们都很喜欢她，班主任看到这种情形，甚至跟艾靓预约将来考上大学后，继续到课外辅导班工作。

但艾靓心想，难道我一定会上本市的大学吗？

偏偏班主任打的如意算盘，就是希望艾靓留在本市升大学。

“艾靓，我看你很受小朋友的欢迎，不如你就申请本市的大学，到时候继续来我这里带小一、小二。”

“主任，谢谢你，到时候看看大学的地点在哪里再说。”

“你自己可以决定嘛！”

“那还是要高考完，视分数而定啊！”

“你没问题的，小小的高考难不倒你。”

啊？“小小的”高考。天知道如果这关没考好，少了几成机会不说，还得将痛苦指数往后再拉半年呢。

“放心啦，艾靓，就看你怎么决定了。”

最好是可以自己决定落点啦，还不是得看考出来的分数才能决定？现在一切都还是未知数呢。

由于可以依自己的兴趣和喜爱选择大学校系，因此对一些不想离家太远的人而言，当然会以自己居住的城市为首选。但艾靓的想法与他们不同，她决定考进台北一流的大学，因为那里的新信息来得快又多，可以增广见识、拓展学习。

“这……我到时候再考虑……”

“别考虑太多，反正离家近的好，免得多花住宿费，生活费也比较省。”

“主任，谢谢你，我知道了。”

艾靓在意的是自己能有更好的学习环境，有更多磨炼的机会，而班主任想的则是以调高薪水来留住艾靓。

“待遇的事好说，我不会让你吃亏。”

“我知道主任对我很好，我不是这个意思。”艾靓有着更远大的目标，并不在意这薪水。

“你是聪明人，应该会做对的选择吧？”

“嗯……是啦是啦！”

艾靓确实相信只要朝着目标前进，她一定可以有一番傲人成绩，让别人对她刮目相看！

第2章　疾风劲草

刚从妈妈车子下来的吴用新，看着从他眼前快速闪过的身影。咦？那不就是毛遂自荐想当会长，和他同票数的艾靓吗？

这时，吴用新突然想起昨天主任说，今天会邀请几家印刷厂到学校做简报，要毕联会好好斟酌之后，再从其中选定一家，为毕业生制作有意义、纪念性强的纪念册。于是吴用新急忙喊艾靓，提醒她记得来开会。

“艾靓，艾靓……”

真是的，跑那么快干吗？像逃命似的，又不是在战场有追兵追她。

吴用新拉开嗓门大喊，引来刚进校门的学生纷纷向他和正停下脚步回头的艾靓行注目礼。

“嗯？会长，你叫我？”

不然呢，不是叫你，难道是叫鬼吗？问这白痴问题！吴用新心里虽然嘀咕着，却没有露出不悦的神情，反而笑容可掬地说：“艾靓，主任说今天中午厂商要来做简报，我们要比价，从中选出一家信誉不错、价格又合理的印刷厂帮我们制作今年的毕业纪念册。”吴用新一本正经地转述。

升上高三后，上学期一结束就有要人命的高考，每个高三生想的、努力的都是高考这件大事，艾靓也不例外。

况且艾靓还打算高考拿到高级分，她期许自己即使没有拿到满级分（考试科目共 5 科，单科满分 15 级分，5 科满分 75 级分），至少也要在 70 级分以上，再不然，就算搞砸了，也不能低于 68 级分。

如果是在过去，只需将全部精力专注在课业上的艾靓，必定是胜券在握。可是现在的她失去了所有支持，必须以如履薄冰、如临深渊的谨慎态度，才可能顺利过关。

艾靓的爸爸到外地东山再起，其实也是给了艾靓一个良好的示范。她想到爸爸在异乡打拼，自己如果不能保持好成绩，如何对得起爸爸？倘若她有好的表现，爸爸自然感到欣慰，便会有足够的动力向前冲刺，成功的机会就更大了。

自从艾家的经济状况有了变化后，艾靓就很清楚自己想有足够的经济能力飞到美国读书，在几年内是不可能实现的。

但幸好她凡事想得开，认为就算留在台湾读大学，也一样可以有出色的表现。

在吴用新滔滔不绝说着的同时，艾靓记挂的却是今天的数学小考。看她那副心不在焉、急着离开的样子，不禁教吴用新怀疑她到底有没有将这件事记在脑袋里，甚至怀疑艾靓根本没、有、在、听。

算了，再叮咛一次又何妨？

“中午，厂商来做简报，你要来开会，知道了吗？”

“哦，我知道了。”艾靓回答得漫不经心。

知道了？骗小孩啊？任谁都看得出来的，分明是没有知道嘛！

吴用新恨恨地磨牙。但又一想，虽然艾靓曾经想和他抢会长职务，但现在大势已定，她已经是副会长，那么他这个当会长的，自然也有义务引导副会长了。

另一方面，吴用新也希望将这一届所有的毕业相关事宜都做得尽善尽美，并将毕业晚会搞得空前绝后，让已经毕业的学长、学姐们震惊，也让在校的学弟妹们羡慕，并以他们这一届作为标杆。

然而，要想将所有事项做得尽善尽美，只靠自己一个人的力量是不够的，他需要一个有组织、有效率的团队。老爸说 21 世纪是一个讲求 team work 的时代，单打独斗成不了气候，因此整个毕联会内的协调自然重要无比，其中，最重要的当然是副手艾靓的协助。

不过，协助？以目前的情况看来，艾靓只要不搞砸了就很阿弥陀佛了，哪里还敢奢望她太多呢？

只不过“好的开始是成功的一半”，所以第一次的简报很重要，绝对不容许掉以轻心。为了有好的结果，现在辛苦一点不算什么，再努力一回吧！

“中午，活动组办公室，开会，简报，不要忘了。”

哦，这人是保姆还是毕联会会长？怎么这么啰唆，都已经跟他说听到了，他怎么还是三叮咛、四交代、五吩咐、六告知的，真是的！

“我知道，我不会忘。”

艾靓很用力地回答后，正准备跨步离去，突然想到一件该确认的事，于是停下脚步回头问吴用新：“会长，请问是几点开会？”

艾靓心里正嘟囔着，重要的部分不说，净说些废话，吴用新却是一脸挫败的表情。

我的天啊，这个艾靓是听不懂人话吗？都已经说中午了，还问几点，她的脑袋瓜到底有没有问题？她是怎样考进这所学校的？这样还敢毛遂自荐要当毕联会会长？真没自知之明。看来如果想将毕联会搞得有声有色，这一年得随时跟在她后面提醒她啦！

“午休时间，不要迟到。”一字一字慢慢说出后，吴用新又再强调一次，“不要迟到。”

“说午休太笼统了，到底是几点？”真是的，都什么时代了，还用这么模糊的说法，确切时间都没说，开什么会？

咦？这个艾靓这么仔细啊？好吧，不管你问什么，我都回答你：“十一点五十分。”

“我知道了，放心，我绝对不会迟到。”

艾靓笑眯眯地响应，接着就从吴用新眼前转身，踏出轻盈步伐向着教学大楼而去。

搞什么鬼嘛！要开会，说一次就听见了，还啰啰唆唆地一说再说，他以为每个人都是笨蛋吗？不知道讲重点的人，能当好会长吗？我是满足他当头头的虚荣心，否则凭我艾靓，会记不住简报开会这种事？笑死人了，他还当真呢。

哼，耽误我这么多可以拿来演算数学的时间，真是蠢蛋，吴用新，无用心，哈哈……

艾靓一路轻笑，还忍不住回头再看吴用新一眼，只见校门口那人仍是一副呆呆的蠢蛋样，她不觉咧嘴笑了。

这个微笑好美啊！不曾看过那样纯洁动人的笑容，一时之间，吴用新反应不过来。

怎么会有那么甜美的笑容？在那笑容底下似乎有一股坚强的力量，那股力量又透露着自信，这个艾靓到底是怎样的一个女孩啊？看起来漫不经心，可是却有那么动人的笑容、镇定的神情。

她会记得开会的事吧？

吴用新望着艾靓远去的背影，不明白她的爸爸妈妈怎么给她取了一个这么奇怪的名字，她的人明明那么活泼开朗，怎么会是“静”呢？是不是她的爸妈打她出生就看出她是一个多动儿，特别帮她取个念起来跟“静”同音的名字？

艾靓？爱静？才怪！

不过，如果说艾靓是个“靓女”也不为过，她真的长得很正。

长得正的女生通常都是娇滴滴的，可是艾靓看起来并不像娇生惯养的样子，虽不至于说是男人婆，可是竟然敢跟他抢毕联会会长的职务！她真有那份能耐？

吴用新认为，在现代这个男女平等的 21 世纪，女生虽然也很有能力，不过真正要她们做些什么的时候，她们又都会表现出自己是需要受人保护的弱者姿态。

这个三班的艾靓是不是也认为自己很有能力？可是看她刚才的样子又不像多有本事。表现出一副自信的模样，不会只是虚张声势吧？

艾靓究竟是怎样的一个女孩呢？真想多认识她一些。

吴用新边走边想，接着又从艾靓的名字联想到自己的名字。

咦？那我这个“用新”的名字呢？老爸还真有智慧，要我凡事用心却又不明说，真妙，中国字的谐音。

吴用新再一想，不对啊，他的名字一搭上他的姓，还真成了同学说的“无用心”呢！

鬼扯，我哪会不用心，我认真得很呢！

咦？刚刚艾靓临去的秋波里，好像也有一丝丝这种意味哦！

哼，我才不会让你看扁。我一定会对得起毕联会会长的头衔，你等着瞧好了，艾靓。

吴用新之所以能入选毕联会会长，多少和他担任家长会长的爸爸吴长先有关，他不仅交代儿子一定要尽力争取，又私下请托主任帮忙。聚集了所有的天时地利人和，包括吴用新的积极争取，以及主任受吴长先所托的拼命护航，硬是将艾靓挡下来，才会有今天的局面。

吴用新一边想着、一边笑着走上楼梯，不小心撞上了迎面走来的同学李金裕。

"'无用心'，你走路不用心，干吗呀？"

"阿金，你走这么快要干吗？赴死啊？"

"呸呸呸，狗嘴里吐不出象牙，你就不能说句好话啊？"

"你自己开口也没好话，还指望别人说好话，这是什么心态？"吴用新一巴掌拍在李金裕肩头上。

"哎哟，我这里昨天棒球赛时被对方投手触身球 K 到，已经快残废了，你还拍得这么用力，我要是真的残废了，你就赔我妈一个儿子好了。"

"赔你妈一个儿子？把我赔给你妈？太不划算了。"

"喂喂，'无用心'，你什么意思？好歹我也是个型男。"

"呕……"吴用新做了个呕吐状，"你帮帮忙，你如果是型男，那天下的男人就都是帅哥了。"

这个李金裕竟然敢夸口自己是型男，真该给他一面镜子。

李金裕身高虽然不矮，也有一米七六，但问题是这一高弥补不了他五官平凡和体重过胖的缺憾。

"喂，这话太伤人啦，我已经伤了肩，你还伤我的心，真是没爱心的家伙。"

李金裕不断哀叹，看得吴用新不觉升起一股无名火。

"你真娘娘腔，一点男子气概都没有，再这样哀哀叫，我就再伤你的肝好了。”

“啊，真悲惨哪，我阿金怎会有你这种朋友？”

“有我这种朋友怎样？是你幸运呢！”吴用新又向李金裕的后脑挥去一掌。

“我才倒霉呢，你这是什么朋友，我受伤了你也不安慰一声，又害得我脑震荡，还说这种没人性的话，唉，枉费，了然。”李金裕又是一阵唱作俱佳，甚至摆出一副痛心疾首的模样，眉头皱起一堆皱褶，左手抚上自己后脑。

“最好我打一掌你就脑震荡了。”

“是有可能的哦！你看我快吐了，呕……”

李金裕做了个呕吐的滑稽样，惹得吴用新一笑，顺势做出敬礼状。

“sorry，对不起，失礼了。”

吴用新一连串道歉语之后，继续说道：“你一开始又没说，我哪知道你昨天被球 K 到？”

“好啦，算我倒霉，算我运气不好。”

李金裕忍着痛，噙住眼角快要滑落的泪水。男子汉大丈夫，哪能因为被哥儿们这一拍就让眼泪滑下来？这么丢脸的事，他李金裕是不会做的。

“走啦，我们去便利店，我请你吃好吃的蛋色拉算补偿啦！”

“蛋色拉？好啊，我那一掌算没白挨了。”

“要不要再来一掌？蛋色拉再加一份。”吴用新说着将手高举过肩。

李金裕见状，赶忙拉下吴用新右手：“大哥，不必了，小的我一份蛋色拉就够了。”

“真的？”

“真的，真的。”

一说到便利店阿姨做的蛋色拉，李金裕不禁食欲大动。如果可以吃他个三四份当然是最好，不过若是得用皮肉痛去换，那就大可不必了。

“蛋色拉真那么好吃？”

“你吃看看就知道啦！”

“算了，如果蛋色拉吃太多会长得像你这样，我看我就不必试了。”

“唉，大哥，你又伤了我的心了。”

“有吗？我又没出掌。”

“你这叫伤人于无形。”

“哦，我这么厉害啊？”

吴用新说着说着，又将自己的右手搭上李金裕的右肩，偏偏他一时疏忽，忘了放轻力道，李金裕再怎么咬牙忍住，还是不免哼了一声。

“哎哟，你又压到了，吴用新，你还真是无用心呢。”

“你说啥？还想再被压一下啊？”

“算了，算了，我认倒霉，可不可以？”

一大早，学校的便利店挤满了没吃早餐的学生，像极了年节时抢成一团的传统市场，大家此起彼落地喊着要面包、要饮料。两个阿姨光是忙着递东西和收钱、找钱，就忙得晕头转向。

艾靓平时就和便利店阿姨相处得不错，偶尔看到两个阿姨忙得不可开交时，她还会自告奋勇地帮忙。

像现在，她正倚着柜台，指挥买东西的同学排队按顺序来，还帮忙阿姨将东西递给同学，再收钱交给阿姨。

“这是你的，火腿蛋、热巧克力。阿姨，三十五元，是不是？”

“对，三十五。”

“胖胖，你收钱。”

“下一个，鲜奶是你的，二十元。”

“小秋，把二十元拿给阿姨。”

“买好的同学请尽快离开便利店，后面的同学请往前走……”

吴用新和李金裕一踏进便利店，就看到艾靓和几个女同学也在便利店里面。

咦？这个艾靓也是一早就到便利店报到，而且功夫还好得很，挤在最前面？手脚真快呀！刚刚才和她说过话，她就已经进教室放好书包，再呼朋引伴地来便利店，还钻到最前面呢。

不过，不对啊？她现在看起来像是便利店的老板，正指挥员工递货收款。便利店何时开放让学生入股了？

“‘无用心’，你看那几个女生还真热心。”李金裕一瞧见有美女，眼睛便直往她们身上瞟。

“热心？”

“是啊，她们在帮阿姨的忙啊！”

“哦？”好像是哦，艾靓是在帮阿姨的忙，自己刚刚却还把她当成股东。

哇，没想到这个艾靓如此乐于助人啊，挺有活力的嘛，那早上我是错看她了？看来这个艾靓做事情效率挺高的，跟她一起搞毕联会应该可以办得有声有色，早上那份担心是多余的了。

吴用新此刻觉得，原本自己抱着必须独力扛起毕联会的想法，似乎可以做些调整了。

他和李金裕排着队，跟随移动的脚步慢慢抵达了柜台，但他们并没有向艾靓等人点餐，反而朝着阿姨说：“阿姨，我要两份蛋色拉，一份鲔鱼吐司，两杯冰咖啡。”

“老大，你点两份蛋色拉……”李金裕知道吴用新不爱吃蛋。

“都是你的，补偿你。”

“呵呵……”看来早上的肩痛有了回报。

“阿姨，两份蛋色拉，一份鲔鱼吐司，两杯冰咖啡。”艾靓复诵一遍后回答，“请稍等，马上就好。”

她还真以为自己是老板啊？

就在吴用新这么想的同时，艾靓也因那个才听过不久的声音，突然在此时此地出现而感到诧异。

咦？这个声音似乎几分钟前才听过，有点耳熟呢。

艾靓转头一看，原来是毕联会会长吴用新，便大方地和他打招呼。

“嗨，会长，你也还没吃早餐啊？”

“嗯，你和同学来的啊？”

废话，眼前站着的不是她和同学吗？还多此一问，这人好像习惯“短话长说”哦，真无聊！

“嗯。”即使不耐烦，艾靓还是礼貌地回答一声，毕竟她的目标是做个知性气质女。

“当义工吗？”吴用新想不出其他适合的语词，只好随便挑一个说。

“义工？”

几个女生一起出声，然后由艾靓代表说了：“说义工太沉重啦。”

“啊？”

几十双眼睛都盯向艾靓，包含其他买东西的同学。艾靓也感觉到异样的气氛，但还是镇定说着：“阿姨忙不过来，我们只是帮帮忙……举手之劳而已，谈不上义工这么神圣的奉献啦！”

哇！还真是客气呀！

吴用新一看艾靓只是个女生，都能体恤便利店的阿姨，自己是个大男生，爸爸还是这所学校的家长会长，难道自己不能像艾靓这样替阿姨做点事吗？

于是，吴用新不假思索地发出口令。

“只买饮料的请排在我前面，只买面包和三明治的人请排在这位同学前面。”吴用新用手比了比李金裕，

接着又比向艾靓，“又买饮料又买面包的，请排在这位女同学前面。”

吴用新这个举动立刻得到大家的响应，便利店里的学生在窃窃私语中自动移着脚步，排向适当的行列。

小小便利店霎时像新训中心一样，井然有序地操练着。艾靓看得傻眼，暗地里不禁骂了自己一声。

猪啊，艾靓，“无用心”都想得到这一层，你却傻乎乎地只知做递东西、收钱这种小事，难怪争取不到会长职务。哎呀，算了，这次输了就输了，下回要动动脑，不能只是闷着头做。

就在各人忙着移动自己的步伐时，人群里发出一个细细的声音问道：“都不是买这些的要排哪里？”

这一问之后，大家都把眼光瞄向那位女孩。她是个个头不小的女生，但是说话轻声细语的，和外表一点都不搭。

算了，现在不是研究这个的时候。不过，在早餐时间来便利店，不买早餐买什么？就在吴用新还在思考怎么做的时候，艾靓抢得先机，顺手指着刘盼盼，出声道：“购买非食物类的同学，请排在我右手边这位女同学前面。”

非食物类？真是服了她，竟然想得出这样的名词。

刘盼盼正望着艾靓发呆时，却见艾靓指着她向便利店里的同学宣布，说完后还对着吴用新抛出一个得意的笑容，笑容里似乎还暗藏着“瞧，我把问题解决了”的意思。

没一会儿，艾靓身旁的刘盼盼回过神来，忍不住扯着艾靓的衣摆，低声问她：“‘无用心’就是他？他就是毕联会的会长？长得还挺有型嘛！”

啊？有形？什么形？经刘盼盼这一说，艾靓不禁专注地研究起吴用新的“形”。

嗯，大约一米八〇的身高，瘦瘦的身材像一棵大树，应该算是“木形”的人吧！

“艾靓，你在想什么？”

“哦？没什么啦！你说他有形，据我研究的结果，他应该是木形人。”

“什么？木形人？木形人是什么？”

小秋和阿慢突然插话进来，一时之间，艾靓也不知道该如何解释。

倒是刘盼盼在一旁热心地解说来龙去脉，小秋和阿慢听着听着，竟不顾形象地哈哈大笑起来。

“人家胖说的是‘型男’的型，艾靓，你真天才，居然想成形状的形，还把他编在木形人，哈哈……”

阿慢边说边笑，还不知道该压低嗓门，这下不只她们的对话都被便利店里的同学听见了，说不定连被品头论足的当事人吴用新也听见了，艾靓窘得脸都红到脖子根上了。

艾靓觉得她们几个人当着“无用心”的面对他品头论足，已经是很不君子的举动，现在再经阿慢的大嗓门播送，简直是将这小人行为告知大众，真是丢脸丢到家了。

除此之外，艾靓还担心“无用心”会找她理论呢！

不过便利店里一切照旧，买东西的同学顶多以异样的眼光看看她们，并没引起任何波澜；而吴用新则仿佛没感觉似的，依旧顾着指挥不断涌进便利店的学生。

咦？怎么这样？难道是自己想多了？还是他没听到？艾靓茫然地盯着吴用新，不觉出了神。

“阿靓，阿靓。”一号阿姨喊着她。

“啊？”

艾靓回神过来，迎上的是吴用新露出洁白牙齿的笑容，和阿姨的调侃：“阿靓，你是看啥看呆了？”

“我知道啦，看那个帅哥嘛！”

二号阿姨自以为猜中艾靓的心思，艾靓却因为被她这么一说，脸上再度刷上一层红云，整张脸像上了大片腮红似的，特别引人注目。

阿姨在说什么啦，便利店里这么多人，真丢脸！

被两个阿姨这么一搭一唱地吐槽，吴用新也感到些许的不自在。

不过他是男生，又被说成受到美女的瞩目，这确实是一件值得高兴的事，于是他很快就恢复泰然自若的神情。

这一切，艾靓的好友们也都注意到了。

不过她们都很清楚，以艾靓的个性，向来只有男生拜倒在她制服裙下的份儿，绝对没有她去倒追男生的可能。尤其是现阶段，艾靓所有心思都在为进大学而努力，男女交往的问题并不是她会关注的事。艾靓会那样看着吴用新，必定是在想着什么事，她们才不会拿这种事去取笑她。

相较起来，吴用新的哥儿们李金裕就没这么有义气了。在阿姨们一番取笑后，李金裕仿佛知道什么八卦似的，贼兮兮地在吴用新耳边笑说：“呵呵呵，老大，你才来一趟便利店，就有美女看上你，还一次四个妹哦！”

“妹你个鬼。”吴用新横着手肘撞了下李金裕的胸腹，“你不说话没人当你是哑巴。”

“别不承认，呵呵，一个会长四个妹，真好。”

“你少在那儿鬼扯。”

“我哪有鬼扯，你不是会长？眼前不是四个妹？”李金裕的话里除了羡慕，还有点酸葡萄的味儿。

吴用新哪会不清楚李金裕就是一张贱嘴，老喜欢损人家？但他是堂堂新任毕联会会长，现在又是在对手艾靓面前，哪里由得李金裕这样损他？于是他不由分说，再次出手往李金裕的右肩拍下。

这回吴用新是故意的，他当然记得李金裕说过他的右肩昨天被棒球K到，更何况一早还被他用力拍过。

“哎哟！”李金裕忍不住哼了出来。

“咦？”

这下换女孩们对他行注目礼了。

李金裕为了在女孩子面前维持男性英勇的形象，可是打落门牙和血吞哪！在这节骨眼上，除了自认倒霉之外，还能怎样呢？

可是他的表情明明痛苦不堪，却还张口笑着，那笑容说有多难看就有多难看，看得艾靓等人一头雾水。

艾靓出于关心，自然开口问道：“这位同学怎么了？肩膀好像很痛的样子？”

哟，她真神，居然知道是肩膀有问题。李金裕有种被了解的轻松，不过吴用新就在跟前，他也不敢坦然承认。

艾靓实在不明白吴用新的那一掌有这么严重，难道他练了什么武功绝学？不然这位同学怎会痛成这样？

“真的很痛的话，就要给校医看看。”

她这么热心？说得也是，刚刚她不就在帮阿姨卖东西吗？不过，李金裕还是不能开口澄清。

“我……”李金裕不知道该怎么说。

“他……”吴用新担心李金裕将他乘人之危，故意拍肩膀报一箭之仇的事情说出，如此一来，他在这些女孩子的心里一定会被当成小人。

而对李金裕来说，他更担心吴用新将他在球赛中被触身的糗事说出，于是干脆揽着吴用新的肩直往便利店外走。

不明原因的便利店阿姨，手拿着两份蛋色拉，拔高嗓子喊着：“帅哥，你要的蛋色拉、鲔鱼吐司和咖啡……”

“哦！”吴用新摸摸自己的头，一副很不好意思的样子，然后以最快的速度回到柜台拿走自己点的蛋色拉、鲔鱼吐司和咖啡，放下钱，最后跨着大步，头也不回地走了。

便利店里，艾靓与刘盼盼四人面面相觑了一会儿，还是不懂那两个男生究竟在做什么。

管他的，才懒得去理这两个怪胎，而且也没时间让她们去搞懂，因为上课钟声正当当响起。

“上课了，该回教室去了。”乖巧的小秋说。

“唉，时间怎么过得这么快？”刘盼盼还想多磨蹭一下。

“少啰唆，走啦！”艾靓催着。

“快快快，不快一点，等一下被罚在走廊听课就丢脸了。”动作超慢的阿慢紧张地小步跑着，这一句话也催促着其他人加快脚步。

第3章　初露锋芒

毕联会虽是毕业生的组织，但还是得接受学校课外活动组的指导。厂商第一次报价会议的举行，就在活动组主任柳老师向二十位毕联会代表介绍过各家印刷厂后，正式揭开序幕。

“……我们因为时间关系，就不做太多说明，现在开始请各家印刷厂代表依序做简报。”

依照抽签顺序，第一家是承包去年毕业纪念册的厂商，由老板亲自到学校做简报。他在简报中，只一再强调去年由他们制作的毕业纪念册质量有多好，此外完全没有其他创新的说明。

当第一家老板在台上说得口沫横飞时，吴用新瞥见长桌另一头的艾靓正低头猛记笔记。

干吗？又没人会拿这个来考试，艾靓是在记什么？从他的角度看去，艾靓的笔记本上似乎写得密密麻麻的。

换第二家代表上台，简报也是说得天花乱坠。艾靓时而抬头看看，时而皱眉挠腮，但多数时候她还是埋头苦记。

她到底在记什么啊？吴用新越来越好奇。

不对，她一定是在演练数学题目。真是的，怎么可以不专注这个议题呢？这关系所有高三毕业生的福祉，身为毕联会的核心人物，就是要为全体毕业生谋求最大的福利，她怎么可以一副事不关己的模样？怎么可以如此轻率？亏她还是毕联会副会长，真是不够资格！

吴用新这一论断，将早上在便利店对艾靓的好印象又打破了，他下了一个结论——美女都不用心于正事。

事实上，艾靓早就想到每家厂商必定会强调自家的优点，若没仔细比较，很难分出优劣。于是她将各家代表所说的内容记录下来，再把他们能做到的部分圈出来，同时也把他们疏忽的部分记录下来，最后还设计了一个评价栏。

例如第一家，艾靓的评语是了无新意。

而第二家则抱着来抢生意的心态，先就第一家没有说到的部分去补足，再强调第一家能做的事项他们也能做。

因此艾靓对第二家的评价，是服务项目多，可以考虑。

等四家厂商代表一一做过简报后，柳老师请他们各自报价，最后，柳老师再次上台谢谢各家厂商。

“谢谢几位在百忙之中莅临本校做简报，我们毕联会的同学们还需要做内部讨论，结果如何会再跟各位联系。今天耽误各位的用餐时间，真是抱歉，也谢谢各位的配合。”

等所有印刷厂代表都离开后，柳老师也赶着回办公室，只匆匆交代了一句："你们先找时间讨论，明天中午我们再来研究。"说完便迅速离去。

等其他毕联会代表也陆续出了会议室，艾靓这才从容合起笔记本，起身准备踏出活动组。然而，吴用新一个箭步抢先挡在门口。

"副会长，请你开会时专心一点。"这话很明显带有指责意味。

"什么？我不专心吗？"艾靓挑眉，瞪了吴用新一眼，算是挑战。

"做什么事都要兢兢业业，你不懂吗？今天就算我们只是学生、只是学校毕联会的干部，我们也要把它当成工作一样尽职，不该在开会过程中埋头做个人的事吧？"

"做个人的事？"

"对，这样很不敬业。"

什么事情都没搞清楚就指责人家，根本是诬陷。有谁能忍受别人随便扣上这样一顶大帽子呢？艾靓当然也不例外。

"会长，你什么时候看到我不尽职了？你哪只眼睛看到的？"

"艾靓同学，你别以为有出席开会就算尽职了，所以开会中就只做自己的作业！"

"做自己的作业？谁看见了？这是你的想法吗？"艾靓反将吴用新一军。

"你！"

“我什么我？开会不是从头听到尾就算认真！哦，对了，或许你是这样认为，所以你从头到尾都很认真听他们说，但是你记住他们说了什么吗？你看出他们各自的优点和缺点吗？”

“这……”吴用新被艾靓问得哑口无言。

他是认真听了他们每一家的简报，可是他们的优缺点，他还得整理一下，也不知道能记起多少。不过，就算自己记不了多少，他相信艾靓也和他一样，没有更详细的资料。他就不信猛做自己作业的艾靓会比他好到哪里？他至少还从头听到尾，是专心在开会的人。

“我至少比你好，我认真在听，稍微回想一下就会想起来了，你呢？只顾写作业，又能说出什么？”

“是吗？”

“……”吴用新霎时没了把握。

“这是我刚才在他们讲简报时记下来的。”艾靓将她记下的笔记摊在吴用新眼前。

“这……”

吴用新的脸色立刻沉了下来。原来她不是在埋头演算数学，人家真的是用心在做事，反观自己什么都没记下，还敢大声呛人家！

“下次请不要没搞清楚就下定论。”艾靓倏地收回自己的笔记本，头也不回地昂首阔步而去。

艾靓的脚步虽然潇洒，但心里真不是滋味。本来想做个称职副手，没想到竟被这样误解，这个“无用心”

真是讨人厌的臭小子啊！

臭小子，竟然门缝里看人！哼！我一定让你刮目相看，等着瞧吧！

艾靓头也不回地走了之后，活动组会议室门口只剩下吴用新傻愣愣地站在那儿。

没先搞清楚就下定论是不对的，可是让艾靓指出自己这个缺点，也实在让他觉得窝囊到了极点。

没想到整个会议过程中，艾靓居然考虑周到地埋头做笔记，将所有厂商的优缺点做了清楚的比较。她的确是努力在做事，而且已经超出副会长该做的了。

艾靓果然有能力又有企图心。就是因为这种认真的精神，所以才能每学期都拿到学校的优秀奖学金吧？

吴用新望着艾靓渐去渐远的背影，想起早上在便利店帮忙阿姨的情形，对她的印象真如洗桑拿似的，又起了一阵转变。

艾靓真的很不一样，她毛遂自荐要当毕联会会长是有备而来的，反观自己呢？只是等着当现成的会长，真是丢脸啊！虽然他也想将毕联会搞得有声有色，可是如果不用心，怎么可能做得好呢？

一定要加油，好好表现一番，堂堂学校家长会长的儿子，毕联会的会长，怎么可以不如艾靓？

“艾靓，快，快来吃，我帮你留了营养午餐。”刘盼盼大老远就对着走廊上的艾靓大喊。

“好啦，你别喊了，大家都知道我还没吃饭了。”

“知道又怎样？你是没吃饭，又不是没穿衣。”

“喂！你说什么？欠打啊？”艾靓怒目瞪向刘盼盼。

“没啦，呵呵……”

可是刘盼盼的大嗓门还是被一些人听见了，开始有人在教室里起哄。

“艾靓是没吃饭，还是没穿衣？”

“没穿衣服她敢来上学吗？”

“拜托你啦，是没吃饭，不是没穿衣。”

“什么？”

“……”

艾靓也明白这只是同学间的玩笑，根本没放在心上。本来刘盼盼对于自己引起的小骚动感到懊恼又生气，但是看到艾靓都能无视于这一切，也就放松心情地跟着笑闹。

“搞什么，你们这些人？就知道抓人话柄，没创意，哼。”

刘盼盼哼声刚刚结束，走廊上迎面走来艾靓高一同班同学高政。

高政看到三班教室里一大半的人嘻嘻哈哈笑着，觉得这一班还真是奇怪，居然连说笑都这么团结。

三班全体同学支持艾靓毛遂自荐担任毕联会会长，已经很奇特了，现在看来，这一班大概全都是异类吧。

高政对于艾靓自告奋勇承担毕联会重要的职务，心里满是钦佩，他就是欣赏像艾靓这样有能力，又勇于表现的女生。

高一时，高政就对艾靓颇有好感，但那时的艾靓只跟一些女同学有交流，几乎不太搭理男同学。

高二之后因为组别不同，高政和艾靓不同班，不过即使分班，高政还是很关心艾靓。他知道艾靓的原则与个性，于是不敢轻易表白，害怕被她拒绝，也害怕自己受伤太重。

但高政后来听说艾靓从高二开始便广结善缘，和男同学的互动也相当良好，于是便一直想跟艾靓有进一步的交流。

到了高三，高政在校园里听到许多关于艾靓的事，对于艾靓的仰慕也越来越深。平时在校园里，他都会刻意经过艾靓的班级，就是希望有机会遇见她。可是天公不作美，他还真是倒霉到极点，一年多来竟然连一次都没遇到过艾靓。

他一直等着老天给他机会，让他可以鼓起勇气向艾靓告白。今天，他的痴心终于感动上天了，竟然让他在走廊上碰见艾靓，可是她旁边还有个大嗓门在，这哪是告白的好时机啊？

高政暗地埋怨天公作美怎么只作一半，却也不知道从何处生出了勇气，在深深吸了口气后，大声喊出："艾靓，你真棒呢！"

什么嘛？没头没脑地对以前的同学说"你真棒"，难怪艾靓一脸莫名其妙的表情，就连旁边的刘盼盼都觉得这个突然冒出来的二愣子真奇怪。

“哦？我真棒？什么棒？”艾靓真的不明白。

“就是嘛，说什么东西，没人听得懂。”刘盼盼说完又问，“你谁啊？”

“我是高政，和艾靓高一同班，我是说艾靓当上毕联会副会长，真棒。”

“哦，高政，你是说那个啊，小事情啦。”艾靓恍然大悟。

“高政？不认识。”刘盼盼撇撇嘴说。

“不认识？哦，对对，我是艾靓的高一同学，你当然不认识。”

“高一同学？我没听艾靓说过。”刘盼盼显然不欣赏高政，话里还故意带了刺。

偏偏高政觉察不出女孩子的心思，还傻愣愣地说：“我是寒暑假都得去加拿大坐移民监的高政。”

高政只是想让艾靓更清楚他是谁，没想到这种说法却适得其反，听在刘盼盼和艾靓耳里都不是滋味。

干吗啊？这人是来炫耀他家有办法移民加拿大吗？非得这样直白地说出来。这年头移民美洲有啥了不起？

想艾靓家的生意做得好的时候，哥哥也是很早就送去美国念书，又不是只有他家有办法，跩成这样。

“什么？”刘盼盼夸张地大叫，“坐监牢啊？”

“不是啦，是移民的人一定得去……”高政还认真地解释，他以为刘盼盼不懂，其实刘盼盼是故意逗他的。

艾靓一方面不忍心看高政被心机女刘盼盼耍得团团转，另一方面是她的肚子已经饿得咕噜咕噜叫了，再不赶快吃饭，下午第一节是班主任的课，得集中精神专心听课，可没任何空隙让艾靓偷吃点东西。

“好了，高政，你不必跟她说明，有空我再跟她说就好了。”

“哦，那就太谢谢你了，艾靓。”高政信以为真。

“艾靓……”刘盼盼以眼神要求艾靓再让她戏耍高政一下。

“唉，胖胖，我可是还没吃饭哦。”

高政一听艾靓还没吃午饭，非常不舍，焦急地说：“什么？你还没吃饭，快上第五节课了呢，你赶快去吃，我回教室去了，拜。”

拜什么拜？还这么亲昵，好像艾靓跟他很熟似的。

“哦。”

艾靓和刘盼盼虚应一声，然后挽着手臂就要踏入教室。高政往旁边退一步，还不忘再给艾靓一个鼓励：“艾靓，加油哦，你一定可以做得很好。”

这句话让艾靓停下要踏出的脚步，她回头再看高政一眼，心里不禁诧异，他怎会对自己如此有信心？

他既不是自己的好友，也不是亲爱的家人，只是一个高一同班过的男同学，竟然这么相信她有能力做好毕联会的工作。

嗯，为了这不相干人的鼓励，我一定要努力去做，把一切都做到最好。艾靓在心里对自己如此期许，并对高政露出一个超级甜美的笑容。

然而，就是这个要死的甜美笑容，让高政以为艾靓对他有了好感，当下就想着该如何追求艾靓！

等高政挥挥手走了，刘盼盼和艾靓这才松了一口气。

高政家前几年移民加拿大，哥哥和妈妈居住在温哥华，而高政因为上学关系，暂时和爸爸住在台湾，寒暑假才到加拿大和哥哥与妈妈团聚。两年来，学校寒暑假的辅导课程他一律没有参加，再加上他本身个性的关系，因此在班上总是独来独往。直到现在想要追求艾靓，才苦于没有半个智囊团可以提供意见。

没办法，只好自己一个人闷着头来啦！或者可以和艾靓身旁的大嗓门交流，请她帮忙。高政这么想。

下午放学后，高政走向车棚时恰巧又看见艾靓。今天真是幸运啊！半天就遇上两次，这是好兆头，代表将会追上艾靓，高政不由得心花怒放。

咦？那个大嗓门还真像跟屁虫，艾靓走到哪儿，她就跟到哪儿。

也好，这可是老天赏赐的大好机缘，安排好要让那个大嗓门来当红娘，帮他牵线。

因为中午谈过话了，此时高政努力想表现出热络的大方态度。

“嗨，真巧，又遇见你们了。”

“你？”刘盼盼先是愣了下，很快就想起眼前这个二愣子，是每年得坐移民监的高政。

不知道怎么，刘盼盼就是看他不顺眼。

“哦——”拉了一个长音后，刘盼盼吐了高政的槽，“就是那个要去温哥华坐监牢的……高政，对不对？”

坐监牢？这三个字真刺耳，可是在艾靓面前，高政表现出来的风度让她眼睛为之一亮。

高政说：“是啊，除了我哥之外，我在加拿大并没有其他同伴，真像是坐监牢。”

咦？连这么说他都不生气？这人脾气也太好了吧？刘盼盼和艾靓的心里不约而同这么想着。

然后她们对看了一下，艾靓看出刘盼盼还想欺负高政，于是使个不可以再“欺负弱小”的眼神。刘盼盼撇撇嘴，很不愿意地努起嘴来了。

“艾靓，别这样嘛！”

“胖胖，不可以……”

“怎么了？是我坐移民监，苦的是我啊！”

你笨啊？不会说话就别开口，人家胖胖才不是为你难过，艾靓苦笑。

“干吗？你以为我在替你难过啊？我吃饱撑着，太闲了啊？”

“胖胖……”艾靓实在看不下去了。

高政这滥好人，也太容易被人“软土深掘”了吧！或者他就是需要一个强悍的女生来治他，嗯，那盼盼倒是很合适。艾靓在心里这般衡量着。

直肠子的高政听着艾靓喊她大嗓门的同学叫“胖胖”，甚是不解，于是结结巴巴问着：“艾靓，这个……她一点都不胖……你为什么……喊她胖胖？”

“这个啊，都怪我老爸，给我取了个名字叫‘胖胖’。”刘盼盼抢先一步回答。

“啊？怎么会有人的名字叫‘胖胖’？”高政还真以为如此。

“怎样？你嫌我名字不好听啊？”

“哦，没没……我是……”

“你是什么？”

刘盼盼一副咄咄逼人，像是要将高政吃下肚似的模样，吓得他缩得快不成人形了。

艾靓心有不忍，开口说了：“高政，你别听她胡扯，她的名字叫‘刘盼盼’，盼望的盼，是我们故意把她喊成‘胖胖’的”。

“哦……我就说嘛，哪有爸爸会把自己女儿的名字取得那么奇怪，何况刘盼盼长得好看又不‘很’胖。”高政还特意强调“很”字。

“呃？”突然被高政赞美的刘盼盼一时说不出话来。

“是嘛是嘛，盼盼不胖。”

“你们要回家了吗？”高政突然转了话题。

“不然咧，不回家要去哪儿？”才一会儿时间，刘盼盼又挺起胸，恢复那副挑衅模样。

“哦，不是啦，我是想请你们喝饮料。”

“喝饮料？不早说，我正口渴呢！”刘盼盼怎会错过送上门的好事。

“那就走吧！”高政被鼓舞了。

“不好吧！”艾靓却是意兴阑珊。

“怎么会不好？人家高政都说要请喝饮料，你不赏光是不给人家面子啦。”

刘盼盼这一番话原本只是想怂恿艾靓不要放走煮熟的鸭子，但是听在高政耳里，却以为刘盼盼想帮他说服艾靓，因此简直快将刘盼盼视为大恩人了。

“可是我还要去课外辅导班打工，怕时间来不及，这样好了，胖胖，就你和高政一起去吧！”

艾靓说完之后，将刘盼盼推向高政，再对高政说：“高政，谢谢你，我打工快来不及了，就让胖胖帮我喝我那一份吧！”

艾靓说完后便跑步离开校门，留下错愕的高政和刘盼盼。

“艾靓，艾靓……”刘盼盼引人侧目地呼喊一样叫不回艾靓。

弄不清楚状况的高政，还傻愣愣地站在校门口，那副憨傻样，怎么看都不像经常漂洋过海去北美说洋文的人。

刘盼盼不禁摇摇头，心里暗自对高政下了“了然”两字批注。

这时高政开口了，但他说的却是：“现在怎么办？”

“什么？你说什么？”

刘盼盼实在很想对着高政大吼，他有没有搞错啊，说要请人家喝饮料的是他，现在问怎么办的也是他，什么意思？看不起她吗？艾靓一走就不想请她喝饮料了？

高政也看得出刘盼盼眼里的怒气，赶紧见风转舵地说：“我是说只剩我和你，还要去喝饮料吗？”

“只剩你和我两个人就不能去喝饮料吗？”

“哦，我不是这意思。”

“不是最好。”刘盼盼嘴角一扬，“那就走吧！”

“哦，等我一下，我牵脚踏车。”

踏向复合式咖啡店的路上，刘盼盼心里暗自窃喜着今天真走运，居然从天上掉下这么好的机会，有人自投罗网来请喝饮料。

一旁的高政则是感到几分懊悔，原是想邀艾靓，怎么会阴错阳差地换成这个大嗓门？不过再转念一想，如果能先收服艾靓身边这个“胖胖”，追起艾靓便不需耗费太多力气了。

第4章　情敌出现

“艾靓，艾靓。”

高政守在校门口等着艾靓进校门，他等了一个星期，终于皇天不负苦心人，让他等到只有艾靓自己一个人的时候。

自从上回要请她喝饮料却错过之后，高政就没再遇见艾靓，心里还在埋怨老天真爱捉弄他这个痴心人呢！还好苦等一星期后，还是得到老天的怜悯。

“高……”想不起来他叫什么名字。

“高政。”

“哦，对，高政，什么事？”

艾靓心急得很，数学老师要用早自习来小考，她不想迟到，更不想让等着看她成绩退步的同学有机会吐槽她，可是高政却又半天吐不出个字来，只会傻笑。

“高政，你有什么事快说，我还要去考数学呢。”

这一催总算加快高政说话的速度了。

“哦，好好，我是要把这个送给你啦！”高政说着，伸手将一只手提袋塞到艾靓手中，自顾自地傻笑。

“哦，谢啦，再见。”

艾靓头也不回，旋风似的消失在眼前，高政还愣头愣脑地回不过神来。

这是怎么一回事？哪有女生这样的？轻易收下男生送的礼物，也没矫揉造作地拒绝一下，抓着就跑。

可我不就是希望艾靓收下毛拖鞋，这样干脆不好吗？我不就是看上艾靓这么与众不同吗？

上星期想邀艾靓去喝饮料，凑巧遇上她要打工而邀约失败，虽然有点小遗憾，不过请了刘盼盼那个大胃女一回，也还是有收获。

至少刘盼盼就说了很多关于艾靓的事，像是艾靓现在暂借住她爸爸好友何叔叔家，还有为了不增加爸爸的负担，她自食其力地打工赚取生活费；甚至为了能以好成绩进入名校，艾靓每学期都拼进全校前三名，还可以顺便领全额奖学金，省去一笔庞大的学杂费。

“真难得，现在还有像艾靓这样懂事的女孩。”

“你是说我不懂事？”刘盼盼故意找碴。

“没有啦，我是说像艾靓这样的女孩很不一样。”

“这样说就对了，你都不知道艾靓有多拼！”

“拼？”高政很难想象将“拼”这么阳刚的字眼，用在艾靓那么一个瘦弱的女孩身上。

“对啊，艾靓星期一到星期六都在课外辅导班打工，下班后又要读书读到十二点，星期天就整天都在图书馆读书，这样还不拼吗？”

“听你这么说，我可以想象艾靓的生活。”

“你可以想象？”刘盼盼才不认为全家已移民的高

政能想象出艾靓的生活。

但高政确实是想到自己在加拿大时，和哥哥及表哥弄个车库拍卖的经过。那过程也是大费周折，他想艾靓的打工生涯大概也是如此。

现在看起来，艾靓凡事分秒必争是有原因的。

爸妈平常不是也强调不要虚耗时间在无谓的事情上面？实践起来应该也不会太难吧？看人家艾靓都一副乐在其中的样子，也许以后可以多向艾靓学习。

高政本想向她说明，那礼物是他寒假在加拿大特地挑的绒毛室内拖鞋，早就想送给她，可是艾靓像风一样，瞬间消失得无影无踪，他才张开的嘴巴都还没发出半点声音呢！

然而，这一幕凑巧被在校门另一侧的李金裕看得一清二楚。

看来这小子在打艾靓的主意哦，有意思了，我老大好像也对艾靓有好感，我可得替我老大做点事。李金裕满脑子都是护主心切的念头。

“喂，这位同学，挡到路了。”李金裕故意做出闪不过去的举动。

高政回神一看，校门口宽广无比，他也不过才占了一个人的位子，这个制服上绣着“李金谷”的同学是故意找碴儿的吧！

高政记得妈妈说过，现在社会治安不好，有些小混混喜欢没事找人麻烦，妈妈说如果遇上这种情形，要守住三不原则：不回话、不逞强、不挑衅，赶紧走为上策。

依现在这个情形看来，大概是遇见了校园小魔头，还是小心一点，免得校园霸凌事件发生在自己身上。

高政于是低垂着头，自认倒霉地想闪出李金裕的视线，可这孬种样更教李金裕恼火。

这样不带种的男生也想追我老大喜欢的女生，艾靓会看上这么“娘”的货色吗？

李金裕实在看不惯一个男生这么孬种，他也不过对高政说了句“喂，这位同学，挡到路了”，他就吓成这样。看来不好好调教他一下，真是把男性的尊严都践踏在地上了。

一想到此，李金裕手一伸，将慢慢闪离眼前的高政一把拉住，叫了声：“你干吗？想闪啊？没那么容易！”

高政冷不防被李金裕这样一拉，一个踉跄，差点儿往后摔倒在地。幸好他平衡感还不错，身体稍微摇晃一下，脚下一用力，很快便将自己稳住了。

好危险，没在校门口出洋相……但虽是这般安慰自己，高政心里的惊惶反而更加深了些。

这个“李金谷”到底要做什么？我又没碍到他，他凶我我也没反击，他为什么一定要找我麻烦？

老天帮帮忙，我是世界上最爱好和平的人，可别“霸凌”上身啊！

个性温和、不具攻击力的高政，用眼尾瞟一眼眼前这位身高比他高出一颗头，还一脸横眉竖目的男同学，不禁结巴了起来。

“我……我……没……”

“你什么？一句话也讲不清楚，还想追女生？”

追女生？他怎么知道我对艾靓有意思？哦，八成是刚才那一幕被他瞧见了，难道这人也对艾靓有意思？那怎么办？识时务者为俊杰，把艾靓让给他？

怎么可以，其他什么都能让，唯独人不是商品，不能随便退让，老爸不是常说男生要勇于追求自己的目标吗？

既然自己已经把艾靓定为目标，便打死也不能放弃，要不，就来公平竞争！这一想，高政不由自主地抬头挺胸起来。

“让我说中了吧，想追艾靓，门儿都没有，癞蛤蟆还想吃天鹅肉啊？”李金裕用食指戳着高政的太阳穴，因为太用力，高政的头还直往一边歪去，像一颗快掉落的球。

哼，这个“李金谷”凭什么说我是癞蛤蟆？他自己又好到哪里去，长得什么样，少说也有百来公斤，小小的五官挤在那一张肉饼脸上，他还自以为是天字第一号帅哥啊？这一副凶神恶煞的模样，艾靓要是会喜欢上他，那天下就没什么道理可言了。

高政挺直身子，定定地看着全身流露暴戾之气的对手，这才发现他的名字不是“李金谷”，只是因为刚刚他的衣服皱了，才看漏了“裕”的偏旁。豁然明白的高政，不自觉地莞尔一笑。

偏偏李金裕见不得高政这么不将他放在眼里似的轻笑，于是想也不想便出手推了高政一下："笑，你笑什么？说。"

"嗯？"

"嗯什么嗯？我问你笑什么？"

"我没笑啊！"要是将错看他名字的事说出来，大概会很惨。

"还说没笑，我看得一清二楚。你是怎样？对我说的话有意见，是不是？"说着又推了高政一把。

李金裕突如其来的粗鲁举动让高政心里很不舒服，他用力捏紧拳头，用力的程度连额头都冒出青筋了。

但他还是在紧要关头记住妈妈说过的话："不良少年还是少惹为妙，做人就要有韩信那样能屈能伸的气度。"

高政想想也对，好汉不吃眼前亏，毕竟这个李金裕也没要他像韩信那样从他胯下爬过。牙一咬，高政决定放弃为自己出头的打算。

但这一切看在李金裕的眼里，却解读成：高政真没用，连出声吼一下也不敢，拳头捏得都出汗了，他还是硬忍下这股窝囊气。真不知道是要瞧不起高政，还是佩服他有过人的忍耐力，能忍人所不能忍？

他们两人在校门口拉扯的这一幕，全被其他学生看见了，高政不想拿自己的未来做赌注，所以他不轻易动手，只是以眼神向路过的同学求助，希望有人赶快去报告教官吧！

李金裕正想出手再逗逗高政，刚从妈妈轿车上下来的吴用新，一眼便瞧见李金裕正在欺压良善，于是远远地喊了一声:“阿金，你干什么？”接着，大步跑向两人。

高政一见吴用新，不觉纳闷起来，搞不懂这两个完全不同类型的人，怎么会兜在一起。

“老大，我……”

李金裕才要开口，就被吴用新截断，顺便再训一顿：“喂，阿金，谁是你老大？拜托你叫名字啦，要不然让人误会我们组了帮派，害我大好前途因此而毁，我可是会找你算账的。”

“哦，好啦，我记住就是了。”

“说，你在这里欺负善良同学是吗？”

“他？善良同学？你别被他的外表给骗了。”

高政听着他们两人的对话，实在不明白他们到底是不是组了帮派，怎么说的话都油腔滑调，还带着点江湖味？

在李金裕回答之后，吴用新仔细看了一眼高政，觉得这人有几分眼熟，好像在哪里见过，可是匆忙间又想不起来。

算了，这没肩膀的男生是谁不重要，重要的是李金裕干吗找这种人麻烦？

“我只看到你在吼他、戳他，他都没还手，你这样还不算欺负善良同学？”

"老大……"

"喂！才说过，你又来了。"

"哦，差点又忘了。"李金裕吐吐舌又说，"这小子也不打听清楚，居然送东西给艾靓，想讨好艾靓、追艾靓。艾靓是他可以动脑筋的吗？像艾靓那样的副会长，当然要像你这样的会长才配得上，这小子算哪根葱、哪棵蒜啊？我正在警告他，少打艾靓的主意。"

李金裕自以为可以借这机会向吴用新邀功，没想到吴用新丝毫不为所动，一点也不领情，反而责怪李金裕多事。

"阿金，你真奇怪呀，这位同学对谁有意思是他的事，难不成还要经过你的同意，他才可以追求他看上眼的女同学？再说艾靓有她自己的选择权，她高兴和谁交往就和谁交往，还要你多事啊？"

吴用新表面上虽是这么说，但内心倒是笃定如果让艾靓做选择，一定是他的胜算大，因此颇为自得。

不过刚刚李金裕也说了，这小子送东西给艾靓；连他都懂得用礼物打动女生的芳心，自己竟然笨到忘记这招好方法，等下回头可得想想，像艾靓那么特别的女孩，要用什么方式来打动她呢？

可是粗线条的李金裕完全不清楚吴用新的心思，他反而不能理解，怎么到了最后，竟然变成自己拿着热脸去贴吴用新的冷屁股？他一番好心竟被吴用新当成了驴肝肺。

“吴用新，我是为你着想，你怎么说这样的话？”

高政一听到李金裕喊出吴用新的名字，不禁愣了一下。

吴用新？

半分钟后，他想起来了，原来他就是家长会长的宝贝儿子，这一届的毕联会会长，难怪李金裕会狗腿成这样，也就不足为奇了。

不过看来，这个吴用新好像还蛮正派的，应该不至于将他老爸视为靠山，在学校里胡作非为吧。

“话别说得那么好听，为我？我看是你自己对艾靓的好朋友刘盼盼有意思，想用这种方式讨好她吧！”

“拜托，刘胖胖，那么大块头的女生，恐龙一只，我避她都来不及了，还追？我又不是脑袋有病。”

有道是要说人坏话之前，也得先瞧瞧四周。

“谁说我大块头？”

冷不防从三人背后突然冒出这一句，李金裕顿时吓出一身冷汗，吴用新则是等着看好戏。哈哈，活该，谁叫你爱在人家背后乱嚼舌根。

一旁的高政则是暗暗高兴，总算解除面对这恶少的危机了。

人家说一物降一物，恶马恶人骑，果真不错。但看李金裕吓得直打哆嗦，就知道他的罩门就是刘盼盼这只恐龙了。

看见三人都不说话，刘盼盼再次大吼。

“说，是谁说我是大块头的女生，是谁？是谁？敢说老娘是恐龙，不想活了。”

还是没有人开口。

高政其实很想给这只大恐龙一点提示。

“哼，休想用这招沉默是金就混过去，没那么好过的。”刘盼盼倾身向前再问高政，“高政，是你吗？”

高政摇摇头，眼神里写满“我可没这么大胆”，而且还说道：“那天我不是说了，艾靓她们帮你取的那个绰号根本名不副实。”

刘盼盼何尝不知道，这个身高不高的高政没那个胆：“谅你也没这个狗胆。”

就因刘盼盼对高政的这一评论，李金裕“扑哧”地笑了出来，引来刘盼盼的怀疑。

其实一开始，刘盼盼就直觉这一切都是这个其貌不扬的超胖跟屁虫惹出来的，她只是想要更确切的证据罢了。

“我就知道，绝对是你，一天到晚跟在吴用新旁边的粗狗腿，一定是你说的。怎样，我就是大块头，你要怎样？我有你大块头吗？”

刘盼盼这个庞然大物就在眼前晃动，看得李金裕一对小眼睛眼花缭乱，简直快昏头了。

但就算李金裕面露疲态，刘盼盼还是不肯善罢甘休：“哼，你是娘儿们吗？敢做不敢当，哼！”

妈的，说我是娘儿们，她有没有搞错啊？我可是从里到外，货真价实外加堂堂正正的男子汉。

看见刚才不可一世的李金裕，现在大气也不敢吭一声，高政心里暗暗叫好。谁要你刚才欺负人，还说我“娘”，现在报应临头了，让女生说你“娘”了吧！呵呵，现世报。

李金裕将眼神飘向吴用新，哀求吴用新救救他。只是吴用新压根儿没见到李金裕求助的眼神，因为他在听到高政这名字时，脑海中也浮现和老爸同是狮子会成员的高辉煌。

原来高政这小子来头也不小，听说他妈妈和哥哥已经先移民加拿大了。他和高政曾在某个喜宴见过面，难怪刚刚会有面熟的感觉。

“老大……”

“老大？谁是你老大？”刘盼盼以为李金裕喊的是她。

“不，我不是喊你……”

“告诉你不要这样喊，你是忘了还是故意？”吴用新摆出不高兴的脸色。

“哦，对不起，现在请你帮我把……”

李金裕想说的是“请你帮我把这只恐龙弄走”，可是他话都还没说完，校门外又进来了几个女生，叽叽喳喳向着刘盼盼而来。

“喂，胖啊，你跟这几个男生在说什么？”

“我啊……”刘盼盼才要开口，话就被截断。

“胖啊，这不是毕联会会长吗？你跟他熟吗？”

“嗯，还不太……”还是不完整的句子。

“胖啊，你在生气吗？怎么脸颊鼓鼓的？”

“我啊……”

“胖，告诉你哦……”

几个人就这样不让刘盼盼好好解释，三推四挤地簇拥着她往教学大楼走去。对李金裕而言，这真是老天垂怜啊！

看着几个女生走远，仿佛警报解除似的，李金裕松了一口气：“恐龙走了。自己胖还不承认？”

不知道是空气传播声音的关系，还是刘盼盼已经盯上了李金裕，才要踏上教学大楼台阶的刘盼盼忽然回过头来，对着李金裕狠狠瞪了一眼。李金裕霎时觉得全身冒出一阵冷汗，赶紧捂着嘴，不敢再多说一句了。

此时吴用新也从他后脑猛拍他一下：“告诉过你东西可以乱吃，话可不要随便乱说。祸从口出，你没听过吗？”

吴用新说完话，转头过去向高政道歉：“你好，我是一班吴用新，这一届毕联会会长，请多多支持。”

果然是出身世家，说话的架势就是不同凡响，而且又很得体。

“你好，我是九班高政。”高政也礼尚往来地报了名字。

“高政，我这个哥们疯疯癫癫的，你不要理他，如果他有得罪你的地方，你就让他自己看着办吧！”

“什么自己看着办？”李金裕吓得仿佛就要上断头台般紧张。

既然人家都这么低声下气了，就该留条路让人家走，得饶人处且饶人，往后自己也才有空间容身，于是高政说：“没有啦，你的哥们肯为你出头，可见平常你对他一定很好，他才愿意为你这么牺牲，我真羡慕你呢！”

虽然这是客套话，但高政的确羡慕吴用新能有李金裕这样的哥们，因为他都没有哥们对他相挺。

被李金裕说成大块头恐龙的刘盼盼，午餐过后就抓着艾靓想跟她发发牢骚，说说早上校门口发生的事，没想到她还没开口，艾靓便抢着说出二〇〇八年，学校里最劲爆的消息。

“胖胖，我跟你说啊！”

“艾靓，我先说啦，是我先找你的呀！”

“让我先说嘛，不然你会后悔的。”

刘盼盼最怕错过什么会让自己后悔的事，艾靓正好抓住她的弱点，她只好不太情愿地说：“好嘛，你先说就你先说嘛！”

艾靓才刚以轻快的语调将一早在校门遇见高政、高政送她礼物的事说出口，刘盼盼就大大惊呼一声。

“什么？你说高政送你……”两只手还抓紧艾靓肩膀。

“对啦，听我讲完嘛。结果我进到教室，考完数学小考拿出来一看，发现竟然是一双毛茸茸的拖鞋呢。”

“拖鞋？”

“是啊，还是一双‘毛茸茸’的拖鞋呢。”

“高政送你一双毛茸茸的拖鞋做什么？”

“……”艾靓嘟着嘴摇摇头，她自己也搞不清楚。

“高政发什么神经？我们这里是台湾，不是冰天雪地的地方，而且现在才秋天，热得很，他送你毛拖鞋做什么？”

“哦，对啊，我只是觉得摸起来真舒服，忘了现在还没那么冷。”艾靓想起摸着那毛茸茸的感觉，一脸陶醉。

“难怪我看你今天上英文课时，一只手一直伸进纸袋里，还以为那袋子里是什么好吃的东西呢！原来是双拖鞋。”

“呵呵，你就知道吃。”

“民以食为天啊！”

“小心体重再往上跳。”

“都是你们喊我胖胖，我的体重才会一直往上升。”

“自己贪吃还怪人？”

“好啦，是我爱吃，这样可以了吧！看这样子你也喜欢这毛拖啦？”

“什么毛拖？”艾靓皱眉愣了一下。

“就毛拖鞋啊，笨！”刘盼盼顺手拍了下艾靓的头。

“哼！敢说我笨？我笨吗？笨吗？”

艾靓双手叉腰朝刘盼盼一直逼近，刘盼盼咧着嘴，边笑边往后闪。现在她都已经快被压在走廊的女儿墙上了，艾靓若是再逼近，刘盼盼大概就只好下腰后仰了。

这时小秋和阿慢两人上完厕所，刚巧走到听得见艾靓和刘盼盼说话的地方，也正好听见艾靓反问盼盼的那句话。看到刘盼盼那副上半身挂在女儿墙外的危险模样，实在让人为她捏一把冷汗。

她们两人加快脚步走到刘盼盼身旁，一把拉住她，然后很自然地加入谈话小圈圈。

“谁说你笨？胖胖吗？”阿慢问道。

“艾靓才聪明，不然怎么拿奖学金呢？”小秋推崇着。

“对啊，艾靓不但书读得好，课外辅导班的工作也做得好，笨的人怎么做得来啊？”阿慢跟着附和。

艾靓送了个满意肯定加感谢的眼神给小秋和阿慢，接着也放软了手劲，不再压着刘盼盼。

刘盼盼一看眼前有三个女同学，暗忖自己势单力薄，再不识时务点，如果惹恼了她们三人，恐怕就难逃魔掌了。

于是刘盼盼也赶紧见风转舵地说：“不笨，不笨，艾靓当然不笨啊。”

“嗯，就是嘛，艾靓当然不笨！”

“呵呵，小秋说得好，这才是朋友说的话嘛！哪像胖胖。”艾靓右手揽着小秋右肩，身体还微微摇晃几下。

“哼，小秋就最好。”刘盼盼噘着嘴，吃醋地说，接着还瞪了小秋一眼。小秋回给她一个下巴微抬三十度角的表情，那样子像是在说，“还是我行吧？”

笑了好半天，走廊上来来去去的同学都对她们投以

“莫名其妙”的眼神，但她们还是继续笑闹着。刘盼盼也趁机把高政送毛拖鞋给艾靓的事，说给阿慢和小秋听。

她们回荡在校园里的笑声，很久很久才像秋千停下般慢慢止住。

“看样子，这个高政是想追你啦！”

玩笑过后，刘盼盼冒出这样一句话，艾靓这才恍然大悟。

“说得也是，高政如果不是对艾靓有意思，干吗闲着没事买‘毛拖’给她？”

阿慢这样的推论，其他三人听来都觉得有道理，纷纷点头如捣蒜。

“那……胖胖，我要怎么办？”

“看你啦，你喜欢他吗？”

“我……喜欢高政？没有这种感觉啊！”

“真的没有感觉？一点点都没有？”

“嗯……”

“还他啊！”小秋抢先建议。

“什么？还他？他都送给艾靓了，‘毛拖’就是艾靓的了，干吗要还他？”刘盼盼看法和小秋相反。

“可是……难道艾靓打算接受高政的追求吗？”

艾靓一听阿慢这么说，头摇得更快了。

“你看，艾靓不想和高政交往，那干吗收人家礼物？还。”阿慢说得正义凛然。

“谁说交往才可收人家礼物？艾靓，不必还。”刘盼盼命令似的说着。

“还啦！”

“不必。”

“应该要还。”

“送人就人家的了，不必还。”

艾靓和小秋看着盼盼和阿慢两个人，为了还不还高政送的礼物争了好半天，双方都坚持己见，倒是艾靓这个当事人怎么想的，盼盼和阿慢都没问。

“停啦，你们两个吵了半天，都没问问我怎么想，这礼物好像是送我的嘛！”

艾靓这么说了，刘盼盼和阿慢才尴尬地拍拍自己的额头，说：“哦，是啊，嘿嘿……”

“你们两个笑得还真贼呢！”

小秋这句话和这事好像是风马牛不相及嘛！大伙不约而同地瞪了她一眼，这个小秋说这是什么屁话！

小秋一看三个人眼中射出的利箭，自己不闪准会毙命，于是赶紧闭了嘴。艾靓这才又接下去说：“‘毛拖’我不留也不还，不行吗？”

“咦？‘毛拖’不留也不还？那到底……”阿慢愣住了。

“你当大家是‘疯子’吗？‘毛拖’不留也不还，难不成把它烧了？”刘盼盼提了一个怪异的建议。

“烧什么？”小秋问。

当然是大家正在谈论的“毛拖”！刘盼盼都讲了大

半天了，这个小秋好像不只少一根筋，竟然还问烧什么？

“烧什么还要我讲吗？当然是高政送艾靓的那双毛茸茸的拖鞋啦！”刘盼盼说着，还以食指戳戳小秋的额头。

一旁的艾靓在听见“烧”这个字后，任谁都看得出来她脸上流露出万分不舍地神情。那可是一双高级拖鞋，冬天穿在脚上很温暖，把它烧成灰不就太可惜了？就算她不想还给高政，也不想接受高政的追求，好像也不需要如此对待一双高级拖鞋嘛！

片刻之后，她突然想起什么似的开口反驳盼盼：“谁说要烧掉？”

“那不然呢，你不是不留也不还？”

“我……不能再送人吗？”

“什么？再送人？”

几个人一听艾靓要把拖鞋转送别人，生怕自己成了艾靓转送的对象，于是纷纷作鸟兽散，两手还在胸前不停挥舞，异口同声表明：“不要送我，千万不要哦……”

第5章　无心之过

学期中的课程持续进行，艾靓和爸爸之间有时会通过何叔叔联系。何叔叔眼中的艾靓是个成绩名列前茅、自力更生的好孩子，因此也会将艾靓的表现转述给艾豪。偶尔艾豪也会抓住艾靓在家的时间，在电话中为艾靓加油打气。

像是艾靓当上毕联会副会长一事，爸爸就给了她几点忠告："虽然只是学校里的一个小组织，也要抱持完成大事的心态去做，把工作做到尽善尽美。"

"我知道的，爸。"

"不过，你现在的几种角色当中，哪个角色最重要，自己心里要有数，千万不能顾此失彼哦！"

"爸爸，我不会忘记我们考生的角色啦！"

"哈哈，我就知道你很聪明……"

艾豪初赴外地时，艾靓对爸爸的思念十分强烈，经过一年多的时间，以及艾靓将全部精力都放在学业与打工上，渐渐的，她从思念亲情中蜕变成坚强女孩。尤其自己一心进入毕联会核心，更需要投入相当多的精力与时间，使毕联会该进行的事一项一项推进。

艾靓的全心投入看在吴用新眼中，除了钦佩之外，还多了一点想仔细研究艾靓的想法。她到底出生在哪种家庭？据说她刚上初一时便失去妈妈，少了母亲的孩子都是如此独立自主吗？如果是，这个社会怎会有那么多少了母亲关爱就自暴自弃的青少年？

自从那天在校门口撞见李金裕恶整高政，再从他口中知道高政很用心地要追艾靓后，吴用新脑中也开始草拟追艾靓的作战计划了。

虽说是“作战”，但也还不至于有那么重的硝烟味，只是当自己相当有好感的女孩身边出现敌手时，有些适当的对策和方法是必要的。

可是他又不想用高政那种太普通的追求女孩子方式去对待艾靓。吴用新看得出来，艾靓这个女孩是那么的特别，用太老套的方法根本是瞧不起她，而且也起不了作用。

但是该用什么方式引起艾靓的注意呢？怎样的追求女孩子方式才是具有创意的？

算了，想太多没用的招数也无济于事，不如见机行事吧！

好不容易敲定好制作毕业纪念册的厂商，接下来便是安排毕业班级拍摄毕业证书上的大头照和班级毕业照。

看似简单的事，在过程中还是很让人伤脑筋的。别的不说，光是安排每班利用自修课或班会时间拍照，一次只能一班，就得花费一番工夫才能排得不冲突。

吴用新从教务处拿到各班课表后，看到那些密密麻麻的字，差点没昏倒。

“哦，妈妈咪啊，这怎么排啊？”

“不难啊！”艾靓瞥了一眼厚厚一叠课表的第一页。

“不难？你要排？”

“我排就我排。”艾靓的表情写满了“怕什么？”的意思。

吴用新以不可思议的眼神看向艾靓，这个艾靓是怎么了？专挑困难的事来挑战吗？她真的自己一个人就可以处理了吗？

“我来吧！”

艾靓一把取过那一叠课表，临去前的眼神里有着“看我的就是了”的自信。

在吴用新看来需要大费周折的事，在艾靓眼中却刚好相反。

吴用新对艾靓更加好奇，是少了妈妈的照顾让她有机会练习独立吗？那她爸爸呢？难道她爸爸只顾着自己的事业，忽略了还有一个女儿？所以艾靓凡事都得自己来？吴用新不得不对艾靓另眼相看。

因为学校各班班会都在同一时间，艾靓很有技巧地先将这个时段排给一班，再挑出每班自习时间，没冲突最好，有冲突的就依序从前面排起。就这样，她只用了一节课的时间，就排好各班拍照顺序。

“好了，这样就可以了。”

“咦……”接过艾靓制作的排序表，吴用新哑口无言，好半天才说了句：“你真不简单呢，三两下就搞好这件让人头痛的事。”

“还好啦！”艾靓一笑，不认为这件差事让人头痛，倒是觉得会长还得多用点心才行。不过想想，也正是因为会长的不用心，才能衬托出她的能力。艾靓想着，不觉嫣然一笑。

在通知各班的拍照时段时，艾靓特别和班长们重申：“请班长向各班同学报告，轮到自己班级拍照那天，记得要穿学校外套。”

“干吗那么麻烦？”

“学校规定的。”

“多了外套又没比较酷炫。”

“学校规定的。”艾靓还是这句话。

“学校这什么死规定嘛！如果同学没带来怎么办？”

“所以才请你们一定要提醒同学，不、能、忘、记、带、外、套。”

“如果忘记了怎么办？”

“怎么办？自己看着办。”

艾靓的说法在班长们听来简直毫无弹性，不过艾靓转身离开前又补上一句：“到时候如果真的有人忘了，不会去向别班借啊？一天又不是只有一个班级拍照。”艾靓只差没说他们头上长的都是猪脑。

说得也是，向别班借就可以了嘛！几个班长拍拍自己的额头，大有“怎么这么笨，居然没想到”的遗憾。

安排拍照时段的事情，艾靓办得既迅速又完美，吴用新这个会长像是指导员似的只能在一旁观看，毫无用武之地。

其实也是艾靓处理得好，根本容不上他插手。以这样快速的效率搞定全校二十班高三生拍照的事，大大超乎吴用新的想象，也再一次让吴用新佩服艾靓的办事能力。此外，潜藏在他佩服之下的想法是，等忙完这些毕联会的事之后，他一定要找个适当时机，跟艾靓进一步交流。

接下来是厂商驻校拍照，艾靓为防各班毕业生从教室到礼堂时拖拖拉拉，延误时间，因此不厌其烦地当起保姆。在第一班拍到一半时，她就请毕联会活动组同学去通知下一班准备到场，自己则是有点多事地在礼堂外维持秩序。

“同学，请别用你的嘴巴走路。”

“什么？”

“走路请用脚。”艾靓右手食指还竖在嘴唇上，示意行进的同学保持肃静，别影响其他班级上课。

看到走路慢吞吞如老牛的同学，艾靓就提醒他们：“同学，请你们莲花步移快一点。”

“什么？”

“每个人只有一分半钟，请解放你的三寸金莲吧！”

艾靓催促同学加快脚步的说法真是另类，女同学听了哧哧地笑着，男同学则是不以为然。

“喂，我们是男生，说什么莲花步、三寸金莲？有没搞错啊？”

“走得慢就是莲花步，也只有缠小脚的人才会走不快，你们如果认为自己不是，那就请跨大步伐走快一点嘛！”

这招还真好用，男生当然不认为自己是旧时代缠小脚的女人，因此也就无异议地走快一些。有些男生甚至觉得这个艾靓真是与众不同，忍不住频频回头多看几眼。

只要是向艾靓行注目礼的男生，艾靓一律回以微笑表示鼓励。奇怪的是，收到艾靓微笑的鼓励，这些男生也都走得快些了。

一旁的吴用新看到这一幕也忘情地笑了，他对艾靓自信且真诚的笑容深深着迷，果然是“自信的女人最美”。

艾靓那份自信是从哪里生出来的？来自单亲家庭的孩子不是先天就比别人欠缺一些什么吗？他们不是不容易对别人释放友善和诚意吗？

一直以来，吴用新从父母口中得到的说法，与他这一阵子和艾靓在毕联会共事的经验，完全不同。艾靓的所作所为颠覆了吴家爸妈给予的观念，也给吴用新一个重新认识单亲家庭同学的机会。

吴用新为艾靓倾心地一笑，让李金裕实在看不下去，忍不住推了他一下。

“啊？”吴用新差点踉跄跌倒，还是艾靓伸手拉了他一把，他才免于摔倒在地的窘境。

“谢谢你，艾靓。”

“不客气。”

艾靓要忙的事很多，才没那个闲工夫和“无用心”瞎耗，也就没花心思特别搭理他。

吴用新站稳后，狠狠瞪了李金裕一眼，李金裕依旧一副吊儿郎当的样子，嘿嘿笑着。

“嘿嘿……”

“喂，你干吗？”

“干吗？看你看艾靓看得口水快流下来，我提醒你一下啦！”

“去你的。”吴用新以手肘顶了顶李金裕的胸腹。

“看来……老大，你是准备全力进攻了，是吗？”

“又不是打仗，进什么攻？”

“还不是打仗啊？那你就等着战利品掉进别人的袋子里。”

“什么？你说什么？把人说成战利品？”吴用新想到的是将艾靓比拟成战利品的不妥。

“我说高政的袋子。”

“高政？”艾靓诧异他们两人竟会谈到高政。

“哦，没……没，我和我老大说些事。”

“又来了，你老是记不起来，我不是啥老大。”

因为艾靓的突然一问，多少带点关注意味，李金裕还真担心艾靓和高政两人已经郎有情、妹有意了。再怎么说他胳臂也是向着吴用新的，他可得再一次提醒不可。

“你可别忘了前些天高政送了一个礼物！”

经李金裕这一提醒，吴用新立刻想起高政那小子似乎对艾靓颇有兴趣。虽然目前自己对艾靓只是抱持着纯欣赏和想多了解的想法，但有个活动力超强的高政老是阴魂不散地绕着艾靓转，多少让他想对高政呛几声。

艾靓果然让一切进行得相当顺利，一班一班排得紧密，既没让厂商空等，也没让同学浪费过多时间在往返礼堂及校园拍照上，或是制造出太大的噪音。

正因为这件工程浩大的事，艾靓办来轻松，让吴用新这个毕联会会长少操很多心，还赢得校方赞许，因此非常愉快的他，回家也向爸妈透露了艾靓的能力。

“这个艾靓能力这么强啊？”

“妈，你都不知道艾靓将每件事都处理得很好，我这个会长少做很多事。”

吴长先一听有个能力好的女生协助自己的儿子，当下就告诉吴用新得好好和这样的女孩交流。

“现在这个时代和从前不同，你有能力固然很好，但如果再有个能力不错的女伴相辅相成，那就可以完成更多、更大的梦想。”

“可是女孩的能力太强，如果压过我们用新……”吴太太的思维还是存在着男强女弱、男尊女卑的余毒。

“我是说相辅相成，所以用新啊，你自己也要多用心，不能输给别人，尤其是女生哦。”

“爸，我知道。”

吴长先这一说，无疑是肯定自家儿子，同时也给吴用新更强有力的支持，尤其是吴长先接下来的话。

“找个时间邀请艾靓来家里坐坐，如果你对这女孩有意思，就放胆加速去追，免得被追走哦。”

“咦？”吴用新不懂为什么爸爸也知道有人对艾靓有兴趣。

“你别咦，听你这么说，这个艾靓一定是个不同凡响的女孩，有眼光的男孩当然不会错过。”

是啊，就像爸爸说的，学校里多得是暗恋艾靓的男同学，明着追的有高政，潜水中的可能不计其数吧？

既然爸爸鼓励他追求艾靓，那就开始做心理准备吧！

最后一个班级拍完照后，吴用新和艾靓一起和厂商讨论了后续交光盘及照片的时间，之后还一起目送那些人离开学校。

“总算大功告成了。”

“是啊，多亏有你的安排。”

“不要这样说啦，这是我应该做的事。”艾靓腼腆地笑着。

“艾靓，大头照都拍好了，暂时可以喘一口气，放学后我请你去吃意大利面吧！”

“意大利面？”天哪！他是派了小虫子在我肚子里啊？

艾靓想着自己最喜欢的意大利焗烤餐点，吴用新怎么知道自己爱吃这一味？

可是不行啊，放学后还得赶去课外辅导班打工……

真是天人交战啊，一个是吸引人的意大利美食，一个是维持生活的新台币，到底该选谁呢？

艾靓陷入沉思，害得吴用新都迷糊了，想着这个艾靓怎么了？也不过是吃一餐意大利美食，又不是吃了这顿饭就要签卖身契，有必要思考这么久吗？

吴用新这个富家的好命子，哪里明白家道在一夕之间衰败下来的艾靓，会因为担心一件吃饭的小事占用打工时间，而必须郑重其事地想了再想。

吴用新的邀请，充其量只是一件满足口腹之欲、填饱肚皮的闲事而已，等消化过后肠胃还是会唱空城计的。而一个晚上的课外辅导班打工，从五点到九点，每个小时一百元，四个小时共有四百元的收入，这可是艾靓好几天的开销呢！

艾靓在去与不去间挣扎了好一会儿，终于，理智战胜了欲望，心里总算有个谱了。

不行，我要去课外辅导班打工，而且最近要段考了，没什么时间可以浪费。嗯，把口水咽下去，勇敢一点拒绝吧！

“嗯，谢谢你，会长，但我还要打工，恐怕没时间啦。”

“打工？”吴用新还真不知道艾靓这么拼命，都已经是高三生，又接了毕联会的事，还去打工？她真这么缺钱啊？

“是啊……打工……”艾靓向来将打工的事情掩饰得很好，也请刘盼盼她们替她保密，不要声张，现在由自己亲口说出，真是有点不太自在。

“啊，你要打工。”吴用新心想艾靓总不会天天打工吧，于是不放弃地继续邀请，“那星期六呢？”

“课外辅导班星期六一样要上课，所以还是不行。”艾靓摇摇头，眼里明显透露不舍。

奇怪，她的眼神明明说着想去，为什么又要拒绝？难道是女孩子的欲拒还迎、欲擒故纵？打工只是她推托的说辞？

“那……就星期天好了！”总不会连星期天都要打工吧，吴用新这般盘算。

哇！他还真是锲而不舍啊！

艾靓眼睛为之一亮，这个吴用新真是一个有耐心的人，应该和那些纨绔子弟不一样吧！

但就算艾靓为此对吴用新增加几分好感，无奈还是要以学校段考为第一优先。她没忘记爸爸提醒她的事，也很清楚爸爸的生意即使重新建立起来，短期内也不可能恢复到从前那样的规模，她还是要有自力更生的准备，因此，眼前的大小考试她都不能轻忽。

艾靓虽然特爱意式美食，但她更爱自己高人一等的成绩和未来的成就，于是她咬牙忍痛回绝。

“噢，真不好意思啊，下星期要段考，我得利用星期天好好读书。”

“什么，才几个小时，不能变通一下吗？”

艾靓还是摇头：“真的很抱歉，会长，我一定得把功课复习透彻，因为我需要……”

“需要钱、需要奖学金是吗？”吴用新不假思索地迸出了这句话。

其实吴用新说这话并没有别的意思，但听在艾靓耳里就是一句讽刺、看不起。尖锐得像锥子一样的话，刺伤了她的心。

她是需要钱和奖学金没错，但那是她靠着比别人多一点的决心和努力，那是她牺牲很多休闲时间、牺牲不少睡眠换来的，不应该被歧视、看不起，反而应该被肯定、被嘉许的。

如果易地而处，他吴用新能够吗？他做得来吗？

如果是两年前，她也不需如此刻苦，但天不从人愿，旦夕祸福就到，她也是千万个不愿意啊！

因为爸爸生意失败，迫使一家人生活陷入困境，但是爸爸没有选择逃避或走上绝路，她就应该和爸爸及哥哥一起为将来打拼。

爸爸为了再创事业远赴外地，一切从头开始，她在这里努力用功，并将自己照顾好，不就是为了让爸爸无后顾之忧吗？

为什么她的努力要招来吴用新的嘲讽？为什么像他这样的富家子弟无法将心比心，体会穷困人家的心情？

她不过是运用自己的聪明才智把书念好，拿高额奖学金，以减轻爸爸的负担，这也没什么见不得人。只不过是没答应他的邀约，何苦受他吴用新如此满不在乎的挑刺？他家有钱可以这么不需节制地花用，但并非人人都能像他一样！

艾靓当下的反应一如刺猬般竖起所有尖刺，准备刺向眼前的人。

“是，我就是需要钱、需要奖学金，我是靠奖学金才能继续读这昂贵的学校，所以我不能像你们这些富贵子弟一样，可以优哉游哉地随便念，我就是不行。但我不偷不抢不骗不诈，我靠自己的努力有什么不对？有什么不对？”

“我不是这个意思……”

“你不是这个意思？那你是什么意思？是以你显赫的家世来对比我的寒碜？以你的优哉生活对比我的拮据？以你的天之骄子对比我的寄人篱下？”

吴用新一听艾靓这么说，完全迷糊了。

艾靓怎么会说自己贫寒？她“寄人篱下”？这是什么意思？难道她没有和家人一起住？难道她是住在孤儿院？还是……

艾靓说得激动，她想到爸爸在外地的工作不知道顺不顺利；她想到哥哥在美国也无人支持；她想到晚上回家还得面对何妈妈的冷淡与何鹃茹的刁难；她想到自己自力更生的孤单与辛苦，一股心疼自己的情绪排山倒海而来，眼泪也跟着蓄满眼眶，但她还是要逞强地忍着，不让眼泪在吴用新的面前掉下。

她不想让有钱人再有机会践踏她的尊严，她不是

弱者。

“艾靓，我是……”吴用新急着想解释。

此时，刘盼盼和小秋、阿慢正朝着他们走来，远远地便看到这一幕，不由得感到怪异。

“咦？艾靓，怎么了？”

听到好友们的询问，艾靓不知道如何响应。此时她的心里正难过，不想在这种情况下多做解释，于是立刻转身跑开，将一团迷雾留给在场的好友们。

“艾靓、艾靓……”

“是他……对你怎样了吗？”

“艾靓，你说，是不是他对你……”

三人的声音在艾靓身后再度响起，艾靓泪流满面，但也努力让自己远离朋友们。她不想在人前显得软弱无助，这苦衷总有一天好友们会明白的。

刘盼盼三人从艾靓不断耸着的肩背，多少猜出艾靓哭得伤心，但是为什么呢？是吴用新对艾靓做了什么事？或是说了什么话吗？

“你说，你对艾靓怎样了？”

“你怎么可以让她哭呢？”

“对，怎么可以？还让艾靓哭得这么伤心！”

吴用新完全没料到情况会变成这样，他只是好意关心，怎么变成让艾靓伤心？他自己也迷糊了。

现在，眼前又来了三个张牙舞爪的女生，像是要将他生吞活剥似的，一时间吴用新也不知道如何响应，说起话来更是结结巴巴说不清楚了。

“我……没对……艾靓怎样……”

其实他心里也记挂着艾靓，看着艾靓就这么从他眼前哭着跑开，他心里愧疚万分。都怪自己不用大脑，也怪自己对艾靓的背景没多了解一些，甚至没去深思曾在报上读过的一句话：“对穷困弱势族群的协助，一定要兼顾到他们的尊严。”

是的，“尊严”往往比其他部分还要重要。

刚才自己的话一定深深伤了艾靓的自尊，怎么办？要怎么弥补？如果没这几个女生挡在眼前，吴用新会不顾一切去追回艾靓，好好跟她说抱歉。

不管了，应该马上这么做的，去道歉。

“喂，你别想跑，你还说没对艾靓怎样，你想逃？”

“我不是想逃，我是要去向艾靓道歉……”

“哼，鬼才信咧！你把艾靓弄得哭着跑开，再说要去道歉，你当我们是白痴啊？”

“对嘛，你说你对艾靓说了什么？”

“我……真的没……”

“没怎样？喂！你们信吗？他说他没对艾靓怎样，你们信吗？”

刘盼盼激动地问着小秋和阿慢。眼看她的好友伤心至极地跑开，其中必有缘故，哪里会是吴用新说的没事，三人压根儿不信。

她们三人激动地质问吴用新的景象，仿佛在拍摄外景戏似的，大大咧咧地在走廊上演着。

经过走廊要回家的学生们，个个睁着铜铃般的大眼看向他们。他们看到三个女生围着一个高大的男生，而那个男生好像就是鼎鼎有名的家长会长的儿子，也是应届毕联会的会长。

众人对眼前这一幕都感到很诧异，这几个泼辣女生像对他开堂会审一般，而他一个大男生竟然也由着她们。就算是绅士风度，也不必到这地步吧？

这样的情形下，少不得有些耳语从经过的学生之中传开。

“你们看，那个高个子男生不是毕联会会长吴用新吗？”

“对啊，听说还是家长会长的儿子呢！”

“真的啊？多金男呢！”

“你才知道，而且长得还不错呢！”

“可是帅帅男好像被那三个女生缠住了哦？”

“嗯，对啊，那几个女生在对他做什么？”

“恐吓？”

“勒索？”

“性骚扰？”

“咦，真可怕呢，光天化日之下，这三个女生竟然想非礼男同学。”

“要不要去报告教官啊？”

“当然要请教官来处理啊！”

“什么？你要‘美人救英雄’啊？”

“去你的，这也是校园霸凌事件，可能还人命关天呢！”

经其中一个女生这么一说，其他人顿时都认同这是一起女生霸凌男生的事件，而且也觉得情况如果失控，很有可能造成校园命案。

这怎么可以？受害者是帅帅男吴用新呢，不能让他发生意外。

“快，我们赶快去找教官来处理吧！”

“嗯，快，不然来不及了。”

几个女生旋风似的去了教官室，不一会儿，身着制服的教官行色匆匆地来到走廊，甚至远远地便看到三张龇牙咧嘴的脸孔。

“吴用新，你给我们放明白一点，我们会自己去问艾靓，要是让我们知道你欺负了艾靓，你就等着我们来收拾你吧！”刘盼盼说得咬牙切齿。

刘盼盼说完，便和小秋、阿慢愤怒地转身准备离去，不料却迎面遇上教官。看在教官眼里，那三张脸简直就像索命的牛头马面那么难看。

“啊？”三人一阵慌乱，赶忙恭敬微笑地喊了声：“教官好。”

突然要在难看的脸色上挤出一丝笑容，那样子就像在捏坏的黏土模型上还要捏出什么，怎么看怎么怪，怎么看怎么丑。

凶巴巴的教官原本就是一张严肃的脸，不过一对照刘盼盼三人的表情，还算是可堪入目。

“啧啧啧，见了教官马上就变脸，也不怕脸僵了。”

“就是嘛……”

“这下子她们死定了。”

教官身后那几个打小报告的女生叽叽喳喳说着。

阿慢几人定睛一看，教官后面跟了几个女生，立即会意过来这是怎么回事，心里更不免骂声连连。

这些该死的爱嚼舌根的女生，不分青红皂白就去教官室打小报告，你们统统给我记住。

刘盼盼咬着牙，恶狠狠地瞪了那几个女生一眼。

“你们几个过来，你们说，这是在干什么？”

教官大吼一声，大家都吓着了，连去教官室打小报告的几个女生也害怕地站着。

刘盼盼和小秋、阿慢缓缓移动脚步，那样子像是面对豺狼虎豹似的惊恐万分，和她们刚才对待吴用新的狠劲真是不可同日而语。

毕竟教官握有操纵她们品德成绩的大权，再怎样，她们还是得乖乖往前移动脚步。

不过刘盼盼很快镇定下来，她软声说道：“教官，我们正准备回家了啊！”

“少来这一套，以为教官是瞎子、聋子啊？刚才我远远就看你们一个比一个‘凶’，说，你们对吴用新怎样了？”

你当然是聋子、瞎子，吴用新欺负艾靓的时候你都没看到，现在听这几个鬼女生搬弄是非，就来找我们三人麻烦。哼！

“你哼什么？小心我记你一个大过，藐视师长。”

“报告教官，我只是呼吸大声了一点，我不……”

“少跟我油腔滑调的，像什么女生？”

女生就女生，哪还有像什么女生的？

刘盼盼红着脸不再回答，教官转头先问了吴用新。

“吴用新，你说，她们几个对你怎样了？”轻软的语气，十足像个双面人。

“……”

吴用新深吸一口气正准备回答，但教官已经自以为是地下了断语。

“她们是恐吓你？还是勒索你？”

“……咦？”吴用新没想到教官的判断居然会是这样。

刘盼盼三人也露出不解的眼神，她们是为艾靓打抱不平，怎么变成恐吓勒索吴用新？

哼，教官你也太会想象了吧！

说不定是教官背后那几个女生向教官夸大整个状况？看她们的神情，八成是这样没错。真亏她们想得出来这些龌龊字眼，刘盼盼再次狠狠地瞪着那几个女生。

不过，眼前她们比较在乎的是吴用新会怎么回答教官，她们倒要看看，吴用新是不是会利用这个大好机会，报一箭之仇。

只见吴用新恢复以往神色，不疾不徐地回答：“报告教官，您误会了，她们热心协助今天拍毕业大头照的活动，我正在跟她们沟通明天拍班级团体照的细节，我们只是有点看法不同罢了……”

“什么？”吴用新的回答显然出乎教官意料，“啊？不是……”教官一脸狐疑，想着难道自己方才听错了。

“不是的，教官您放心，没人对我怎样。”吴用新和教官亲得像什么似的。

刚才的情形分明就不是这样啊！明明是那几个凶巴巴的人在欺负他嘛，他为什么要袒护这几个河东狮呢？是不是有什么把柄落在这几个女生手上？

教官身后的几个女生实在搞不清楚吴用新在想什么，她们路见不平拔刀相助，竟然变成笑话、乌龙，真是气死人了！

让人生气的还不只这个，更气人的是教官竟然也回过头来骂她们。

“你们几个女生是吃饱撑的啊？也不把事情搞清楚，就慌慌张张跑来教官室，搞了这么大的乌龙。”

教官瞪着她们，她们也是心有不甘地看着教官，有人还想申辩：“可是……刚才……”

“刚才什么？”

你们要干什么？要跟教官比谁的眼睛像铜铃啊？

“看，还看，还不认错？难道还想记嘉奖啊？我看是要记你们缺点才对！”

哈哈，太帅了，教官训诫那几个女生时，刘盼盼就在教官背后对着她们扮鬼脸，嘴里还无声说着："活该，你们。"

面对刘盼盼挑衅的神情，几个女生气极了。想不到不但好心没好报，还得忍受教官的训诫，她们个个都气得两颊鼓鼓的。

咦？这几个女生是怎么了？不服管教吗？真是的，教官的尊严可不容这样毁损。

"还不快回家？杵在这里干什么？等我记你们警告啊！"

教官再次大吼，几个女生一听，从记缺点变成记警告，转变也太快了吧？看样子再不赶快离开，后果不堪设想。于是几人不做他想，拔腿就跑，跑得比飞还快，没一会儿就不见人影了。

几个女生走后，教官回头对吴用新和刘盼盼等人说道："讨论完就快回家，天要黑了。"

那慈祥的口气和刚才可怕的吼叫简直是天壤之别，刘盼盼不禁打了个寒战，这教官变脸还变得真快呢！

第6章 笑泯恩仇

教官离开后，吴用新向艾靓的死党们说清楚事情的来龙去脉，好心肠的小秋倒是有点同情吴用新。

他不过是想好好谢谢艾靓，谁知那句“需要钱、需要奖学金是吗？”犹如一只细针，在艾靓毫无防备之下就刺进她的心里。

“他这是无心之过，胖，原谅他嘛！”小秋替吴用新求情。

“无心之过？哼，这就是他们这种好命子的心态，一点也不会设身处地帮别人想想，说话不经大脑，更不会想想那句话说出口会不会伤到人。真是的，说你‘无用心’还真是呢！”刘盼盼想着就气，停不了对吴用新的指责。

经过刚才的事件，吴用新渐渐察觉自己真的没怎么用心，只以自己的情况去衡量一切，完全没想到对方可能有难言之隐。

由于近两年来家庭状况的改变，艾靓为了减轻爸爸的负担，在有限的时间内付出比一般人更多的努力，为的就是拿到学校提供的高额奖学金。她的作为应该被肯定与鼓励，自己怎么迟钝到没有察觉呢？

因为学校学生大多来自优越的家庭，所以艾靓不愿意自己家道中落的事情曝光，除了她少数几个死党知道外，其他人若只从艾靓积极参与学校活动，又表现得亮眼的表象来看，根本无法了解她的真实情况。

就是因为要努力包装自己、时时保护自己，才使得艾靓那颗心特别脆弱。她需要被尊重、被支持，而不是像吴用新今天这样赤裸裸且直接的刺激。

直到现在，吴用新才体会到今天自己脱口而出的那句话，对艾靓造成了多大的伤害。现在该要怎么弥补呢？

尤其此刻想起含着泪水跑开的艾靓，吴用新心里更是充满歉意，令他更焦急的是，慌乱间跑走的艾靓，究竟会去哪里呢？

她会不会想不开？

不会吧，艾靓是这么乐观迎向各种挑战的女孩。

那么她会去哪里呢？会从此离开这个地方吗？

不会的，艾靓的目标是进入一流大学，现在已经高三上，很快就要高考了，她不会不来学校。

吴用新实在很想立刻去找艾靓，好好向她赔罪，可是这只阿金口中的大块头恐龙女还在训话，吴用新不想随便开口再惹她不高兴，只能在心里暗暗祈求她赶快说完。看在她将艾靓的情形一五一十全说了出来的份上，他对她特别多了些忍耐。

不过，即使吴用新再忍耐，还是流露出焦急不已的神情，看在小秋和阿慢眼里，也明白他对自己的唐突有了悔意，一心挂念匆匆跑开的艾靓，可是看来盼盼还不打算放他走。

小秋和阿慢都不忍心了，她们一起帮吴用新向盼盼求情。

“胖，好啦，他只是没想到艾靓的心是这么脆弱。”

“哼，说那什么话，谁像他的心是不怕撞击的。”

什么？不怕撞击？不会吧！只要是人的心脏都不堪撞击，又不是机器人。吴用新下意识抚了自己胸膛一下。

“胖，放他走啦，要不然再来个多嘴婆去教官室打小报告，我们又要倒大霉了。”

“放他走，太便宜他了。”

“那不放他走，你在这里陪他整夜，我和小秋要回去了。”阿慢使出杀手锏。

刘盼盼一听，立刻慌张起来：“在这里陪他整夜？老娘我没兴趣。”

撇撇嘴，刘盼盼挥挥手要吴用新退下：“你走吧！”

有没有搞错啊？刘盼盼那样子就像太后斥退太监似的。算了，没必要节外生枝去计较这个。

总算重获自由的吴用新心情轻松许多，但他却没有立刻移动脚步离开的打算。

小秋愣愣地看着吴用新，心里觉得这人真是怪，她和阿慢都帮着求情，胖胖也好不容易答应放过他，这臭男生却不走，难不成他真是皮痒讨打？

“喂，胖胖要让你走了你还不走，你有病啊？”小秋有点担心吴用新这举动再度惹恼刘盼盼。

“我只是想请问你们，艾靓会去哪里？我该去哪里找她？”吴用新焦急地问，心里还纳闷这几个说是艾靓死党的人，怎么一点都不着急？竟然没打算去找艾靓。

“就说你是好命子嘛！刚才不是跟你说艾靓的爸爸生意失败，艾靓不但打算拿奖学金省下学费，她还去打工，就是要自己赚生活费。”

吴用新先前还以为艾靓说要去打工只是托词，没想到她真的这么独立，自己却在口无遮拦下一再伤了她。

“什么？艾靓自己赚生活费？那她不是太辛苦了？”

“你才知艾靓有多可怜，哪像你是好命子？”

光是知道艾靓努力考第一名争取奖学金，就已经够让人佩服她的了，再加上此刻听见艾靓靠打工赚取自己的生活费，吴用新真恨不得能马上向艾靓行一个九十度的大鞠躬礼，除了表示自己的歉意之外，还代表自己对她无比的钦佩之意。

艾靓到底过得是什么样的生活啊？吴用新皱起眉头想象着，但生来就无忧无虑的他，实在很难描绘出艾靓的生活画面。

现在艾靓究竟在哪里？她又是在什么地方打工呢？

“艾靓在哪里打工？”

“课外辅导班。”

“课外辅导班？”艾靓在课外辅导班打工，她为什么选择这份工作？是单亲的她最能体会父母没能陪在身边的苦？还是渴盼母爱的她也希望散发爱心给小朋友？

现在他总算明白，为什么艾靓的好友们看到她跑开却没跟着追去，还能老老实实地留在这里，原来艾靓是去课外辅导班打工，那确实算是安全的场所。

“哼，你也帮帮忙，艾靓现在在课外辅导班，你去找她，是要害她挨课外辅导班主任的骂吗？”

“哦……”

吴用新想想，决定还是赶紧离开这群泼辣女生的视线吧！免得又惹她们不高兴了。于是他立刻往校门方向跑去，速度快得真像脚下装了轮子般，一溜烟人就不见了。

但是，两分钟后……

咦？吴用新疯了不成？刚刚好像见鬼似的跑离走廊，现在又像驾着风火轮似的跑回来。

小秋等人才要跨步向前走，看到这情形不免一脸诧异。

阿慢心里还哀叹着，刚才伸出援手是错的，这个吴用新根本不想走嘛！他有被虐待症吧！

“你……”连刘盼盼也傻眼了。

“我想请问艾靓打工的课外辅导班是哪一家？”

“什么？”

刘盼盼心中疑惑着他问这个干吗，是想去骚扰艾靓吗？但是嘴快的阿慢已经说出了：“高铭，武光路的高铭。”

吴用新的风火轮根本没停，就又转身飞滚出去，一句“谢谢啦！”飘在昏暗的天色里。

“他到底要干吗？”

“我哪知道。”

“……”

三人面面相觑了半天，一样无解，只好摇摇头，一起踏上回家的路。

“用新，上车吧！”

“妈，你先回去，我要去找同学，找完我自己回去就可以了。”

“你同学住哪儿，妈送你去。”

“不用了，妈，我要走着去。”

“用新，妈都已经来了……”

“妈，我都高三了，满十八岁，不是小孩子了，你让我自己去嘛！”

“这……”

“你别担心，我自己会小心的，找过同学后我就回家。”

“那……妈妈先回去了，你自己要注意安全。”吴太太发动引擎后，又倾身对吴用新说：“用新，或者是你找过同学后，打电话回家，我来接你。”

“再说吧！”

“你这孩子真是的！”

“好了啦，妈，你回去啦，拜拜。”

“你自己小心，记得吃东西哦！”当妈妈的还是不放心地再叮咛一次。

吴用新和妈妈道过再见后，便一路向着离学校不远的武光路走去。

站在高铭课外辅导班的楼外，吴用新频频望向里面，但他什么都没看到。

课外辅导班里铺着塑料地垫，几个书柜放了些书，旁边是柜台，柜台里坐了一个人，看起来像是老师，但那人不是艾靓。

塑料地垫上有三个小孩正在玩耍，看样子大概是在等家长来接。

那艾靓呢？

吴用新退到马路的对面，仰头看着这家“高铭课外辅导班”，心里想，“哇，规模还不小嘛！”

两间店面打通的五层楼建筑物，看起来像是收了不少学生。往上仔细看，每一个楼层都是明亮如白昼，艾靓应该就在这其中一间教室里，陪一些小小孩吧！

吴用新专注地看着这栋建筑物，想象着像艾靓那样的女孩，带着一班小萝卜头的情形，她一定是以一个大姐姐的心态在对待小朋友。

他就这样把头仰得高高的，专注看着那几层灯火通明的教室，渐渐的，仿佛真有些声响飘出窗外来了。

“大姐姐，这一题我不会。”

“来，大姐姐教你。”

“为什么要写这么多字？手好酸哦，大姐姐。”

“来，慢慢写，一笔一画好好写，一个一个写完，字就越写越少啦！”

“大姐姐，我不会造句……”

“大姐姐……”

吴用新想着想着，仿佛真的听到艾靓和小朋友的对话。那里是单纯、宁静的世界，她不需要刻意去防卫自己，也不需担心突如其来针锋相对的伤害，艾靓在这样的地方一定很快乐。

想至此，他不禁泛起一丝苦笑，像艾靓这样的年纪，应该要过着无忧无虑的生活，为什么老天爷这么狠心，让艾家经济陷入困境？为什么老天爷这么折磨人，让艾靓得为了赚取生活费而辛苦打工？

吴用新当下下定了决心，要尽他所能帮艾靓的忙。

“大姐姐，大姐姐，我妈妈来了没有？”

“大姐姐，我要回家了。”

“……”

一阵阵银铃般清脆的童言童语，从马路对面高铭课外辅导班的骑楼传来。吴用新眼睛立即为之一亮，是艾靓，没错，小朋友们真的都喊她大姐姐。

他也很想奔过去跟着小朋友喊她大姐姐，如果艾靓同意的话。可是自己在几个钟头之前才把艾靓惹得伤心流泪，现在贸然跑过去，艾靓会怎么反应，吴用新自己也没有十足的把握。

都怪自己说话不经大脑，就那么脱口而出。难怪人家会说“言者无心，听者有意”。

再说，现在这个时候正是课外辅导班的小孩要回家的时间，艾靓正忙着和家长们谈话，或是和小朋友们挥手道别，选在这个时候过去，恐怕没能加分，还会被扣分。

算了，他就暂时在这里安静地欣赏艾靓吧！

她是那么亲切、笑容可掬，和她在学校处理毕联会大小事项的干练作风截然不同；而和她几个小时前梨花带泪，惹人怜爱的模样，又是天差地别。

到底艾靓有几种面貌呢？

然而，不论是哪个时候的面貌，她都是独特的，都教人喜欢啊！

小孩一个个离开，每一个都依依不舍地向艾靓道再见。最后一个小孩向艾靓说过再见之后，她还是维持一贯的笑容，目送小朋友和他的爸爸离开。吴用新看见那个爸爸似乎满欣赏艾靓的，他也和他的小孩一样，频频向艾靓挥手，流露出不舍的表情。

总算都离开了，骑楼又恢复了平静。吴用新低头看看手表，这一番相送，竟然也耗去了十几分钟，还真亏艾靓有这等耐性呢！

艾靓再看一眼前后左右，确定完全没有任何一个学生或家长的身影，这才提起脚步，转身准备走进课外辅导班，但身后随即传来一声呼喊："艾靓……"

艾靓转过身来，看见放学时在走廊，以一句看似无伤大雅的话重重刺伤她的吴用新。

他来做什么？他怎会知道我在这里打工？他要再一次用话讽刺我？讥笑我不自量力，一只麻雀也想飞上枝头？穷途末路的寒门也想挤进名校？

许多念头迅速在艾靓脑海中穿梭。

在她还没来得及从众多想法中截取一段时，已经看到向她慢慢走近的吴用新，脸上的表情是那么诚恳。艾靓不禁迷糊了。

她真不知道吴用新到这里来有什么意图，他是来道歉的吗？像他这种富贵子弟，会向人道歉？他真的明白穷人的痛苦？自己又该如何反应呢？艾靓突然不知所措起来。

如果吴用新真是来向她道歉，那她该如何回应？

艾靓还在自己的想法中绕圈圈时，吴用新已经走到她身边，神情认真，语气轻缓，态度诚恳地说道："艾靓，我为今天放学时的口无遮拦向你道歉，请你原谅我的无知。"然后是一个九十度大鞠躬。

"你……"

他果真是来道歉的。其实他说的那句"需要钱、需要奖学金是吗？"并无恶意，是自己脆弱的心灵太容易受伤，将那句话解读成是取笑、讽刺。现在他既然低声下气来道歉，自己难道还要高傲地不肯接受吗？

艾靓的沉默让吴用新担心她还生自己的气，于是不做他想地又再一次对艾靓鞠躬，以示自己最大的诚意。

"艾靓，请你看在我不知道你家庭状况的份上网开一面，接受我的道歉吧！”

咦？这话听起来有点玄机？难不成吴用新现在对我家里的情形一清二楚？他去哪里打听来的？艾靓这念头刚闪过，立即猜到一定是刘盼盼那个嘴上无毛、藏话不牢的死党把所有天机都泄露了！

顾不得吴用新的请求原谅，艾靓双唇一张便问：“你对我家的事知道多少？”

“没很多啦！”

“没有很多是多多？”

“怎么说呢？”

是啊，多少才是多？多少算是少？

“谁告诉你的？”艾靓再问。

吴用新一看艾靓那紧张模样，想也知道她必然是不希望个人私事曝光太多。

这次吴用新长些智慧了，他避重就轻地回答：“是我一再拜托刘盼盼，她才勉为其难地告诉我……”

“我就知道一定是她这个大嘴婆。”

吴用新还真不愿意再遇上刘盼盼发火的时候，可是如果没让艾靓消消刘盼盼透露她打工一事的气，难保刘盼盼那“大块头的”不会再度找他麻烦。

干脆把责任全揽到自己身上来吧！

“不要生刘盼盼的气，是我一直缠着她，她才不得不告诉我。”

“是吗？”

吴用新这个说辞，艾靓是半信半疑，她所认识的刘盼盼好像不会屈服在别人的纠缠之下啊？难道是吴用新以诚恳的态度打动盼盼？算了，明天再好好问问盼盼吧！

其实艾靓也心知肚明，吴用新是不想破坏她和盼盼之间的死党情感。由这一点，艾靓对吴用新的印象又好了几分。

“其实我知道得也不多，只知道你在这儿打工，带课外辅导班低年级小朋友……”

知道我在这里打工，还叫知道得不多，那要怎样才算知道得多？这个吴用新也真好笑。

算了，看在他态度这么诚恳的份上，就别再挑他毛病了。

此时艾靓看看腕上的表，忍不住大叫了一声：“哎哟！”

这是什么情形啊？好端端的说话说到一半，只是看了手表一眼，就叫得像遇见抢匪一样，搞得吴用新也神情紧张地四处张望。

不只艾靓面前的吴用新受到惊吓，就连课外辅导班里的人也是一阵骚动，匆忙跑了出来。

“怎样了？小艾。”

“是怎样？这个男生骚扰你吗？”

艾靓这一喊声非同小可，从课外辅导班里快速冲出两位女士。喊着小艾的那人是课外辅导班负责人鲁太太，她绝不允许在自己课外辅导班外面发生刑事案件，更何况当事人是她的部属，有着无限潜力的补教业明日之星——艾靓。

另一个块头又高又壮的是数学老师柳丝萦，她的手上还拿着一把伞，看来准备随时出击。

原本正准备开口询问艾靓怎么回事的吴用新，一看来者都不是好惹的人物，除了张口结舌之外，也不敢轻举妄动。

艾靓一看这状况，心里直想发笑。搞什么嘛，又没发生什么大事，这两人倒像要抓什么越狱逃犯似的。

心里虽然这么想，可她嘴里却只是轻描淡写地说："没什么啦，是我赶不上公交车啦！"

"噢，叫得那么大声，害我还以为发生什么事了呢！"女泰山柳丝萦又好气、又好笑地埋怨了一句。

"好啦，没事就好，你赶快收拾收拾，这班车没搭上，搭下班车就是了嘛。"鲁太太说着就回头往课外辅导班走去，嘴里还念着，"也不过是错过一班公交车，叫这么大声，真是的，吓死人不偿命啊。"

艾靓吐吐舌，露出不好意思的神情。虽说这班车没搭上，再等下一班就好了，但问题是这一路公交车是有名的难等，有时等上三十分钟还没见到公交车影子，有时却又是两三班挤着一起出现，简直是寻乘客开心。

艾靓好不容易理出这个时段的公交车既准点又不拥挤，顺利上车回家后，洗过澡还不超过十点，少说也还有两个小时可以温习呢。

看来今天真是犯冲，从放学到现在，整个秩序都乱掉了，晚上要是能有一个小时温习就要偷笑啦。

艾靓脸上浮现一抹苦笑，又随即消失，然而这些表情全没逃出吴用新的眼睛。

她一定是担心回家时间延宕太多，耽误复习功课的时间。都怪我，吴用新在心里自责着。

正巧这时，吴用新的手机响起，他一看，是老爸公司的司机打来的，应该是奉命要来接他回家的吧。

真是太巧了！

吴用新欣喜地接起电话。

“少爷，董事长和夫人临时去参加一场宴会，要我接你回家。”

“老张，请你马上来接我吧。”

老张是吴长先忠心不二的司机老臣，平安接送吴家主人是他的工作，今天吴长先要他接吴用新回家，他老张当然是乐意的。

“少爷，老张该去哪里接你？”

“武光街的高铭课外辅导班，你多久会到？”

“二十分钟。”

“好，你快来，我等你。”

艾靓看着吴用新和家里司机的对话，真是羡慕啊！

他家司机要来接他回家了，自己也该准备去公车站等车了。唉，都是人，怎么命运大不同？

“那就这样了，我先进去收拾东西，拜拜。”

艾靓感觉到自己心里微酸的变化，唉，有什么办法呢？人家是一路顺风的好命子，而自己却是个半路摔跤的苦命女。

“艾靓，你整理好就出来，我们一起搭车。”

“一起搭车？”吴用新的话让艾靓不由自主地停下脚步。

他是不是寻我开心？还是故意整他家司机？明明司机已经在来这里的路上了，他还要和我一起搭车，他有没有问题啊？

“是啊，我让老张先送你回去。”

噢，原来是搭他家的车，这样好吗？

有什么不好？可以节省很多时间，也不必担心温习的时间不够。

好吧，恭敬不如从命。不要拒绝吴用新的好意，否则可能会伤到他的自尊，有钱人应该也有自尊的。

“快去拿你的东西呀！”

“噢，好。”

艾靓转身，而吴用新看到她轻盈的身姿，不禁觉得这样的女孩真美。

“哇！”

看到吴用新家的私家轿车停在路边时，艾靓惊异地瞪大双眼，两颗圆滚滚的眼珠子直在眼眶里转动。

她已经好久没搭坐这么气派的轿车了！

平常只知道吴用新由妈妈接送上下学，但从来没见过他家擦得光亮的华丽黑轿车，想到要坐进去，艾靓还有点忐忑。

“少爷好，小姐好。”

噢，好慈蔼的人哦！

“你好。”艾靓行一个近九十度的鞠躬礼。

“小姐，你真有礼貌。”

“嘻嘻……”艾靓微微一笑。

“老张，我们先送艾靓回家。”

“是。艾小姐，请上车。”

老张开了后座车门做出请艾靓上车的动作，艾靓受宠若惊之余，还不忘跟老张说：“张伯伯，我叫艾靓，喊我艾靓就好。”

“噢，艾……靓请上车。”

“上车啊，不然你温习时间会不够哦！”

“啊，谢谢。”

还好吴用新提醒，艾靓的魂魄在听到“温习时间”几个字后，瞬间都收了回来。

艾靓上了车坐向里侧，吴用新也随后上车。

“请问艾小姐家住哪里？”老张恭敬地问道。

家？

我的家在哪里？我可不像吴用新一回去就有个温馨的家等着他，等着我的只是一栋建筑物，里面的人除了何叔叔外，还有谁会给我温暖呢？艾靓有点恻然。

艾靓这一愣便是好长一段时间，老张边开车边从后照镜看她，这女孩莫不是没有自己的家？

“艾靓，老张问你住在哪里？”吴用新用手肘碰了艾靓一下。

“噢，我……我住在〇〇路 567 巷。”

老张等了半天没有等到门牌号码，于是他问：“艾小姐，请问 567 巷的几号？”

这时艾靓脑中掠过的想法是，何妈妈和何鹃茹若是看到她搭如此豪华气派的轿车回去，不知道会如何诘问她，说不定还会说些话侮辱她。为免引起不必要的困扰，还是请老张送她到巷口就好。

“我们那巷子很窄，请张伯伯停在巷口就好。”

“艾靓，这样好吗？从巷口走进去还要走多久？”吴用新问。

“没几步就到了，这样就很谢谢你了，专程送我回家。”

“别这么说，今天是因为我去找你，才害你赶不上公交车，本来我就该补救的。”

说到补救，吴用新想到今晚去课外辅导班找艾靓，就是要为放学时的无心之过做弥补，于是他觉得有必要再表示他真诚的歉意。

“艾靓，今天放学时我说的那些话，真的没别的意思，你一定要把它忘了，不要再放在脑袋，占了温习空间哦。”吴用新边说着，边斜四十五度角向艾靓鞠个躬。

其实艾靓早就在进课外辅导班后恢复了心情，更何况刚才吴用新已经在课外辅导班外道过一次歉，这个人还真多礼呢！

“你刚才说过了。”

“我怕你还在生气。”

说这是什么话？我有那么小家子气吗？

“我像那么小心眼的人吗？”

“糟糕，又说错话了，抱歉，抱歉。”吴用新拍了自己脑门一下。

“喂，吴用新，你好像很喜欢向人道歉哦？”

“什么？”

开着车的老张透过后照镜看着两个年轻人的互动，嘴角不禁泛起一丝笑意。年轻真好！有美好的未来等着他们去开创，有大好的人生等着他们去努力，真希望少爷和这位艾靓能继续互相支持、互相鼓励。

第7章　情愫渐生

“张伯伯，停在这里就好，我自己走进去就可以了。”在老张要将车子转进巷子前，艾靓出了声。

真是有礼貌的小孩啊，这家的父母把她教养得真好。

不过老张也感到纳闷，这条567巷至少八米宽，都能停两部车了，艾靓怎么会说这巷子很窄？

“可路还宽着呢！”

“没关系，我走一小段路而已。”

吴用新大概也看出老张的疑惑，但他想艾靓一定有她的想法，就依她吧！

“老张，就停这里，艾靓大概想走几步路，活动一下筋骨。”

咦？他还真会帮我想理由嘛！不错，满识趣的，艾靓笑了一笑。

车一停，吴用新先下车，再伸手做出请艾靓下车的姿势。

真是绅士啊！艾靓看了吴用新一眼，吴用新没接着艾靓的眼神，错过了她眼中的感激。

艾靓顺着座位移向右边，右脚才踏出车外，头一抬，就迎上刚逛街回来，正盯着这部豪华轿车看的何妈妈和何鹃茹。

哎呀！这下可惨了。

艾靓皱起眉头，心下不免嘀咕着，真是倒霉啊，就是想避开麻烦，没想到还是遇上这超级大麻烦。

“哎哟，我说艾靓啊，这你的朋友啊？怎不让他送到家门口？请人家进屋里坐坐啊，真不懂礼貌。”

谁不懂礼貌了？你们两母女才是，盯着人家轿车看成那副德行，就有礼貌了？艾靓抿嘴不语。

何太太刚刚还和鹃茹小声议论着，这是谁家的有钱朋友，开了部这么名贵的高级房车？如果能认识一下该有多好。这下看到是艾靓的同学，自然喜出望外，暗自盘算着想和这人攀点关系就不怕没机会了。

何鹃茹看到吴用新踏出车外时，除了钦羡这车子主人的富裕外，还为他那帅气外表失神。嗯，如果有个这样的男友，在同学间多有面子啊！于是何鹃茹又向艾靓问道：“艾靓，这是你的同学吗？”

唉，这母女俩巴结有钱人的嘴脸便是这样。何妈妈那一副盼着和吴用新攀上关系的小人样，明明白白写在脸上；而何鹃茹，啧啧啧！一副没见过帅气多金的男生似的，眼珠子都快掉出来了！

这两人虽然不是她的家人，但因为艾靓住在她们家里，也等同是自己人，看见她们在吴用新面前露出这般贪婪神情，实在让人感到羞惭。

她原先不让老张送到何家门口，就是想避开被何氏

母女侮辱、取笑不认命的窘境，没想到还是遇上了，而且看起来将会有一场更大的灾难啊！

何况这景象是发生在吴用新面前，让艾靓感到相当丢脸。再怎么说她现在住在何家，何妈妈和何鹃茹多少也和她有些关系，看着她们母女俩那副猴急样，不晓得吴用新会怎样想呢？

但就算艾靓再怎么不想让这事情衍生出其他枝节，让何家母女和吴用新牵扯不断，她还是要堆满笑容回应。

“何妈妈，这是我的同学吴用新，今天我赶不上公交车，正巧遇上他，他好心送我回来，这已经够麻烦人家了，怎么好意思让人家送到家门口。”

识大体的吴用新也在这时对何太太行个礼喊了声：“何妈妈好。”

“哎哟，是吴同学啊，艾靓真不懂事，你送她回来，我该要好好谢谢你……”

何妈妈边说着话，何鹃茹也边凑上她妈妈的耳畔不知道说了什么，只见何妈妈笑眯了眼，嘴也快咧到耳朵地说道：“对对对，还是我家鹃茹懂事，是该请吴同学到家里来坐坐、喝杯茶、歇歇腿。”

干吗呀？又不是跑步回来的，还歇歇腿？如果真要歇腿，吴用新需要，我就不需要了吗？还说何鹃茹懂事？这算哪门子懂事？还不是有所企图。艾靓冷眼瞧着。

“噢，不必客气了，何妈妈。”吴用新看了看站在何妈妈旁边，一脸无奈的艾靓，他知道艾靓必然有她的苦衷，于是直接婉拒何太太的邀请。

“哎哟，吴哥哥，我妈说请你来家里坐一下，你就来嘛！”

何鹃茹这一声“吴哥哥”喊得吴用新浑身不自在，艾靓更是鸡皮疙瘩掉满地。这人真不要脸，才和人家见面几分钟，就熟得像什么似的喊着“吴哥哥”，想倒追也有点技巧嘛。

“是嘛，来家里坐坐，也和我女儿好好认识认识。”

妈呀！真是不知道廉耻啊，就这么直白地说要和人家认识，也不知道害臊。是现在的人一切都向“钱”看吗？艾靓真是拿她们母女没办法。

“何妈妈、何小妹，今天真的不方便，天晚了。”

“妈，才九点多，还不晚吧？”何鹃茹噘着嘴说。

“不晚不晚，还早得很哪！”

九点四十几分了还不晚？平常艾靓要是这时候进门，何太太便会酸着说：“四点多放学的人，摸到这时候才回家，不嫌晚啊？”

艾靓没有向何叔叔一家说起自己在课外辅导班打工的事，只说自己留在学校图书馆念书，但她也总是想法子早点回去，免得老是听到何妈妈那一口酱得发酸的话。

现在听何妈妈这样睁眼说瞎话，她不免反胃，只觉得何妈妈这人真是现实得令人作呕。

“何妈妈，真的谢谢您，改天有机会我一定专程登门拜访。”

艾靓瞪大眼睛盯着吴用新，他是怎么了？扮古人演戏啊？还“登门拜访”咧，这么文绉绉的词都用出来了。

而吴用新则是想着快一点开溜，这一对像苍蝇一样黏了人就不放的母女，还真是教人不敢恭维。艾靓寄住在这一家，日子是怎么过啊？他简直不敢想象。

眼前该怎么闪人咧？很快的，一个点子闪进脑海，吴用新半弯下腰探头进车里问了声：“老张，我爸说几点以前要回去？”

“十点，董事长交代少爷最迟、最迟不得超过十点半到家。”老张很有默契，配合得天衣无缝。

“何妈妈，真不好意思，今天真的不方便，改天、改天一定去。”

“噢，好可惜哦！”何鹃茹叹了声。

可惜，你可惜个啥劲？别以为人家吴用新会看上你这个骄纵的女孩，我打赌他不会的，艾靓在心里说着。

方才老张的声量也够大了，何太太听得一清二楚，自己就算再想拉住这多金小子，也还是得识趣一点，免得让人看笑话，说她们母女俩猴急。

“哎哟，吴同学家教真好，虽是男生，也不是随便就赖在外头玩哦！”何太太顺口拍个马屁。

“何妈妈，您夸奖了。”吴用新道过谢又说，“那我就回去了，后会有期。”

“是啊，家里既然要你早回去，我也不好强留，记得下次要来哦！”

“哎呀，不要啦，妈，叫吴哥哥别这么早回去嘛！”何鹃茹扯着妈妈的手，装嫩撒娇。

艾靓再瞅一眼，真是不知道分寸的女孩。

“你没听见吗？人家吴伯伯要你吴哥哥早点回去，别让吴哥哥看笑话啦！”

哼，关系攀得这么迅速，转眼就套上“吴伯伯”这个字眼，喊得还挺亲的嘛！丢脸哦！

何太太拍了拍何鹃茹的手臂，又把头凑过去和何鹃茹咬了一下耳朵，何鹃茹总算不再吵闹，但是那张脸还是透露出懊恼、不愉快。

吴用新虽是心急着要远离这对母女，但还是有礼貌地一一打过招呼后，才将自己塞上车，要老张赶快离开此地。

老张从后照镜看到后座上想得出神的吴用新，隐约也感觉出吴用新对艾靓有点意思。

这倒好，他们两个还挺登对的。艾靓看起来朴实又有礼貌，比起后来突然迸出来的那位何小姐，或是和董事长有生意往来的任何一个富家千金都好上千百倍。老张私心希望他家少爷全力去追艾靓呢！

只不过，那对冒冒失失的母女跟艾靓又是什么关系？那个母亲对艾靓说起话来好像不怎么和善。

她该不会是艾家的女主人吧？看那样子又不太像……

“老张，你说艾靓怎么样？”

“嗯？”冥想突然被打断，老张一时不清楚吴用新问这话是啥意思？

“你想什么事想到出神了？我是问你，你觉得艾靓是个怎样的女孩？”

呵呵，方才你自己也想得出神了，还说别人？老张微微笑着。

不过这一问，倒是让老张清楚了吴用新问题的重点，和他刚刚想的不谋而合，于是他高兴地不假思索便说：“那个艾靓啊？虽然才小姑娘一个，可是家教好，有礼貌，真是个好女孩。”

老张在吴家已经待了近十年了，算是吴家老臣，也看着吴用新从小长到大，和吴用新相处的时间，说不定比吴长先和他儿子相处的时间还长。所以吴用新对老张有一份主仆之外的感情，很多事都会问问老张的看法。

“少爷，后来出现的那对母女，是艾小姐的母亲和妹妹吗？”

“不是，那是艾靓寄住的何家，你没听见我喊那个女人‘何妈妈’呀？”

“我啊，人老了不中用了，听力差了些，待在车子里没听见你和她们的对话。”

老张就是这点让吴家感到放心，他从来都是顺着主子们的说法，承认自己做得不好，一点也不会将责任推给主子，也不会逾越自己的身份问东问西。像现在，他对艾靓寄住何家的事虽然感到不解，却也不会主动提出疑问。

“老张不老。”

“呵呵，爱说笑，你都十七八岁了，我还不老？”

“好啦，不说这个，你喜欢艾靓吗？老张。”

“我？我喜欢有啥用？又不是我要追艾小姐，要你喜欢才有用啊！”

“那你是说，艾靓值得追？”

“当然值得，现在这个时代，像艾小姐这样乖巧懂事的女孩不多了。”

咦？老张又是从哪儿知道艾靓乖巧懂事了？是他们这种常说“吃过的盐比我们吃过的米还多”的人，日积月累的人生经验吗？还是老张有特别的观察力？老张今天才初次见到艾靓，就能有这一番好评价，让吴用新不免这么想了一下。

只是好好的一个温馨接送情，却让半路杀出的程咬金——何家母女给破坏殆尽，连吴用新原先想邀艾靓段考后聚餐的话都给堵在喉咙了。

还真没见过那样的母女，妈妈是看上不看下的投机分子，女儿也好不到哪里去，简直是花痴一个。

从刚刚在567巷口，就看得出来她们对艾靓的态度不是很友善，就不知道回到家之后，会怎样找艾靓的麻烦。

“哎呀，真是糟糕。”吴用新拍腿喊了一声。

“什么事糟糕？少爷。”

“我没问艾靓有没有手机，号码又是多少，这样才可以打电话给她。”

“这倒是。”老张简单响应，“少爷可以打她家里电话。”

“这……我也没问过。”

“什么？”

老张从后照镜里正对上吴用新双眼，两人相视一笑——吴用新是苦笑，老张则是带了一点侮辱的意味。吴用新怎会不知道，老张的意思是，要追女孩子怎会忘了要电话号码呢？

算了，不想向老张解释太多，现在吴用新只为艾靓接下来的遭遇担心。

不过再怎么样担心也无济于事，一切都只有等明天到学校再好好问问艾靓了。

进了门，鞋都还没脱下，何太太便嗓门全开，拔高嗓子数落起艾靓。

“艾靓，你怎么能这样？人家送你回来，干吗只让人家送到巷口？就那么怕有钱的男同学曝光啊？还是害怕人家看到我们鹃茹就把你抛弃了啊？心地真差！”

“哼，想把吴哥哥藏着自己交往？坏心眼的人，还好老天知道你怎么想，今天总算让我和妈遇见了，要不然吴哥哥就要被你霸占了。”

“你说平常你都到哪儿去了？还说是留在图书馆念书？天知道读了什么书，怕是一天到晚只知道在外头和男生鬼混吧？今天算你倒霉被我逮到了，你还有什么话可说？”

“对嘛，难怪晚上都不回家吃饭，一定都吵着要吴哥哥请吃大餐。”

艾靓看着何鹃茹母女一搭一唱，宛如双簧表演一般，简直是啼笑皆非。编故事也得有所本，这两母女竟然没图像、没引子也能说故事，还说得若有其事，跟真的一样。

这两母女齐声说艾靓心眼坏，真不知道谁才是坏心眼？遇到这两个人啊，简直比秀才遇到兵还惨。

艾靓今天先是被吴用新无心一句话折腾好半天，下班后又被他的道歉占去不少时间，现在她已经累了，脑子里只想赶快洗个热水澡，再赶紧演算数学、读读英文。她不想浪费体力、口舌和何鹃茹母女解释，就由她们去编吧！举头三尺有神明，各人造业各人担啊！

何明康听到太太及女儿一进门就大声嚷嚷，便从书房走了出来，一看见三人都在的罕见现象，不免大感疑惑地开口问道：“你们一起回来的啊？”

“明康，我就说嘛，这个艾靓平常哪是留在图书馆念书，根本是在外头鬼混交男朋友，迟早要出问题的。”何妈妈逮了个机会向何明康进谗言。

“不会吧……”

“爸，你不相信？我们在巷口碰见艾靓，是一个男生开高级轿车送她回来的。爸，你还说她乖，你被她骗啦！”

“是嘛，平常老是挑自己女儿毛病，老说艾靓乖，现在看到她的真面目了吧！”

“哼，爸爸最爱我啦！”

何明康被这对母女搞得一头雾水，艾靓真像她们说的那样吗？他再多瞧艾靓一眼，应该不是老婆、女儿说的那回事吧？否则她学校全额奖学金是怎么拿到的？何况老艾还偷偷告诉过他，艾靓在课外辅导班打工的事。

“会不会是你们误会了？”

“你还不信？我和鹃茹亲眼看到，难道有假？”

“爸，你好奇怪哦！”

“不是，我的意思是这当中有没有什么误会？”

“误会？”何太太瞪大眼睛看着何明康笃定的神情，看来要扭转他对艾靓的看法还真难呀！

哈哈，这一家人中到底还有个何叔叔是明白事理的人，才没那么容易就被这对母女牵着鼻子走咧。艾靓心里不免有了几分安慰，是非公道还是存在的。

“艾靓，你说说这是怎么一回事？也让你何妈妈清楚你不是她和鹃茹说的那样子。”

“哦。”

艾靓顿了一下正准备开口，却被何太太抢先说了：“算了，算了，就当是我看错，好不好？艾靓也别说了，哼。”

何太太说完就扭着屁股进房去。艾靓看在眼里也心知肚明，何妈妈是怕她一说出口，连刚才她们母女要邀吴用新来家里的事都说出来，那么诬陷她和男生厮混的说辞就不攻自破了。

算了，反正这个窝囊气也受了近两年，还受得习惯，就不和她争了。艾靓也不希望何叔叔因袒护她而和何妈妈起了龃龉，这会害何叔叔难做人。

何鹃茹一看妈妈进房，跟屁虫般地也跟了进去。对她来说，去试穿今晚逛街买的衣服，比待在客厅瞎耗有趣多了。

艾靓虽然没机会解释清楚，但仔细想想，自己还得在此住上一些时候，犯不着惹恼何妈妈，那样日子会更难过。这一切只要忍到上了大学、可以住宿之后就统统解决了。

何明康一看太太女儿都进房去，也不想再多讨论无益的事。两年下来，太太及女儿对待艾靓的情形，他多少知道一点，但是自己已经答应老艾，就不能在此时反悔，所幸艾靓是懂事识大体的女孩，能少在家就少在家，这样他还能说人家什么？

“艾靓，不早了，快去洗澡，早点上床休息。”何明康挥挥手示意艾靓快去洗澡。

何明康明知这样说是多余的，因为艾靓总是挑灯夜读到十二点才上床睡觉，只是他这个做长辈的还是得这么说说、关心关心。

“哦，我尽量啦，何叔叔。”

实话实说的艾靓，纯真自然的态度惹得何明康笑了：“艾靓啊，何叔叔知道你不是何妈妈说的那样，可别对何妈妈生气哦，她天生心眼小了点，又过度宠爱鹃茹。”

“何叔叔，我知道。”

“你知道她没恶意就好。”

“嗯……”

天知道何妈妈是不是没恶意？艾靓才不这么想咧，但因为何叔叔总能公平客观看事情，也不会随着何妈妈起舞，看在这一点上，艾靓就该让何叔叔好做人，把一切都忍下来。

“你真是乖孩子，我们鹃茹如果有你一半乖啊，何叔叔就没遗憾了。”

何明康的话听来带着几许凄凉，可是艾靓也无可奈何呀。要不是鹃茹对艾靓总抱着敌意，她其实很愿意把鹃茹当成自己妹妹，好好教导她功课，还有一些生活常规。

但这又能怪谁呢？只怪自己和何氏母女不对盘吧？

洗过澡后，艾靓往书桌前一坐，摊开数学自修就要演练。

三角函数是个有趣的单元，很多同学都视为畏途，但平常解题速度极快的艾靓，今晚注意力却总是不够集中，没法专心解题。才解了两个步骤，吴用新的脸孔就浮现眼前。艾靓摇头苦笑，低头再算，没一会儿又分神想到今天发生的事情。

突然，艾靓从正在演练的三角函数联想到她与吴用新、何鹃茹之间，是不是正像一种新的三角关系？

虽然她和吴用新根本不是交往中的一对，可是明显看得出来鹃茹想和吴用新做朋友，那么她该怎么做，才能在这个不是三角关系的三角关系中全身而退呢？有没有这个可能？

还是鹃茹会一直把她当成假想敌，随时找机会攻击她？

心思仿佛潮汐般一波一波涌起，艾靓想得头痛，怎么办？这个时候可以找谁聊聊心事？

实在没心神读书，艾靓原本还想跟哥哥在MSN上聊聊，不过想到哥哥那边正是白天，他应该是到学校去了，自己不禁哑然失笑。那就给哥哥写封E-mail吧，将今晚的事跟他说说，看看他会怎么建议。

艾靓打开计算机，有一搭没一搭地四处浏览，今晚的事还是不时溜进她的心头。

看样子鹃茹是喜欢吴用新，说不定有个目标让她全心专注，她就不会常来找麻烦了。可是吴用新会喜欢鹃茹吗？

吴用新该不会是对我有什么想法吧？不然他如此大费周折地到课外辅导班道歉，又送我回来，为的是什么？如果真是这样，鹃茹不是会更火了？

不行，我绝对不能蹚这浑水，想办法让吴用新去喜欢鹃茹吧！

哎呀？我是怎么了？真三八，眼前重要的事不做，净想这些无聊的事。整个晚上净想这些没营养又不会让成绩突飞猛进的事，是吃饱撑着啊？

哥哥一定会说，现在想这些无疑是浪费心神与时间，在更大的目标还没达成之前，不必为男女间的爱情伤神。

对，尽管学校里有很多情侣，自己班上也有班对，但那是别人的私事，她可管不着，她该做的是管好自己。

艾靓啊艾靓，你再不认真专心，就等着没像样大学可念啦！

艾靓骂过自己后，还是费了好大的力气，才让自己稍微定下心来。

“当当……”一阵敲门声响起。

“谁啊？”

艾靓才回了一声，房门就自动打开，来者是不请自入的何鹃茹。

艾靓一看，随即明白鹃茹所为何来，还不就是为了吴用新？

艾靓果然看穿了何鹃茹的心思，她一开口便说：“艾靓，把吴用新的手机号码给我。”

她以为她是谁啊？还用命令的口吻对人说话。

“手机号码？我没有啊。”

艾靓自己没有手机，也就从没想过其他人是不是都有使用。不过艾靓知道像吴用新这样的富家子，说不定还不只一部手机。

虽然班上许多同学都有手机，但艾靓也没想过去记他们的号码，而几个要好的朋友也不忍心让艾靓多花钱在讲手机上，于是也没刻意告诉艾靓自己的手机号码。

在艾靓想来，生活的基本开销必须尽量节省，她那么辛苦地赚取生活费，干什么花钱来说话、摆阔啊？

再说大家白天都在学校，有什么话就那时说，何必非得下课回家后才来通电话，把自己弄得像做大生意那么忙，有必要吗？而她那群好友也都知道艾靓的情况，因此两年下来，艾靓也从没这方面的困扰。

现在何鹃茹突然向她要吴用新的手机号码，她才发现自己的生活真的和一般人大不相同。

“我不是说你，你没手机我当然知道。”何鹃茹一副不屑的表情。

“我知道，我是说我没有吴用新的手机号码。”

“什么？”鹃茹一脸不可置信，“怎么可能？你怎么可能没有吴用新的手机号码，少用这种骗三岁小孩的说法来骗我，他都肯让司机送你回家了，怎么会没给你他的手机号码？”

“我真的没有他的手机号码。”艾靓诚实以告，何鹃茹依然不信。

“你是怕我抢走他，才不跟我说是吗？告诉你，你这样死抓着是没用的。”

笑话，我要真想抓住吴用新的话，你？我还不看在眼里呢！艾靓心里冷笑一声。

“被我说中了吧？哼，没话说了吧！”

“鹃茹，你看过我打电话给同学吗？我像有很多闲钱可以拿来讲手机吗？我说我没有吴用新的手机号码就是没有，如果你想要，明天我去帮你跟他要，这样可以吧！”

艾靓只想赶快结束这种没意义的对话，因为如果没给何鹃茹一个满意的回答，以她被宠坏的个性来看，还有得磨的，艾靓可不想就这么把宝贵的温习时间虚耗掉。

何鹃茹听了艾靓的说法，虽然还是半信半疑，但脸上线条却也稍稍缓和下来。

“你真的没有他的手机号码？”

“真的没有，有，早给你了，干吗还和你说半天，这样我少算很多数学题呢！”

“你明天真的会去跟吴用新要他的手机号码？”

“会，我说出口就会去做，你放心，现在请你去睡觉了，你明天也还要上课啊！”艾靓巴不得赶快送走何鹃茹这个娇娇女。

“好啦，我回房去了。”

鹃茹才刚转身，顿了顿脚又转回头来说：“你别忘了明天去要手机号码哦！”

艾靓看着这个生活没有目标的女孩，真觉得她可怜又可悲。以她们十几岁的年纪，正是人生最精华的时期，何鹃茹又有这么安定的环境，却不知道用来为自己储备一些日后生存的能量，艾靓只觉得惋惜。如果换成是自己有这等生活环境，她的人生目标一定会多定几个。

不过……艾靓突然想起何鹃茹的目标不就是吴用新？这让她忍不住想笑，只好赶紧点头肯定说道："会，我会记住的。"

"真的不能忘哦，如果忘记……"

哎，真是啰唆！艾靓都快抓狂了："嗯，你再不出去，我很难保证是不是记得牢。"

"好啦好啦，出去就是了嘛。"临出艾靓房间，何鹃茹还喃喃自语着，"敢威胁我？"

何鹃茹重重关上艾靓房门后，艾靓整个人往椅背一靠，双手向上伸展，大大地伸了个懒腰，吐了一口气，真是怄人哪！

哥，如果是你遇上何鹃茹这样的磨人精，你会怎么做？艾靓双手托着后脑，盯着计算机屏幕，心里溜过这么一句，随即又在键盘上敲出一封给艾青的E-mail。这段时间里，幸亏有爸爸和哥哥远距离亲情的滋润，她才有坚定的力量支撑过来。

艾靓觉得今晚的时间是整个报废掉了，低头瞄一眼腕上手表，都已经十一点半了，只剩下半个小时能读什么书？而且也没心思再算数学。算了，还是休息吧。

书还摊在书桌上，艾靓就往床上倒下去，眼珠子骨碌碌地望着天花板发呆。

真看不出吴用新这个人还这么有魅力，见面才几分钟，何鹃茹就迷上他了。看来像吴用新这种富家子弟，长得又人模人样，对初三的何鹃茹而言，无疑是偶像剧里的偶像。

只是，自己明天要如何开口向吴用新要手机号码？刚刚为了赶紧送走何鹃茹那个大麻烦，没细想就说要帮她要吴用新的手机号码，那要怎么去要呢？

单刀直入、开门见山地说出来，像刚才何鹃茹说的那样？还是采取迂回的问法，慢慢刺探出来？

唉，这两种都不是好方法。我艾靓做人干什么那么不光明磊落，要人家手机号码还得像刺探敌情一样？可是我也不希望直接向他要手机号码，让他产生误会，以为经过今天的误会、道歉之后，我就对他就有了特殊好感。

这可怎么办才好呢？艾靓把自己埋在枕头里想着。

哎，我怎么那么蠢啊，让盼盼去找吴用新的跟班李金裕要就好了嘛！

想出解决方法后，艾靓大大松了一口气，这才盖上被子呼呼睡去。

第8章　友情万岁

“哎哟，出这什么鬼题目嘛，谁会做？”

“对嘛，整人也不是这样。”

“去他的三角函数，要是三角恋爱就好了。”

“三角恋爱？练劈腿神功啊？无聊。”

“唉，惨了，不知道能不能拿到十分哦！”

早自习的数学小考一结束，班上立即哀鸿遍野，每个人脸上神情都很凄惨。捶胸顿足、懊恼解错题的大有人在，拍桌子甩课本、怨恨老师出题太难的也为数不少，总之没一个人是满意的。

包括艾靓也是如此。

“艾靓，你一定没问题，稳操胜算的。”刘盼盼挤到艾靓身旁来。

“才怪，我也惨兮兮的。”

“你少来了，你那么聪明又那么用功，鬼才信你考不好。”

“真的，我昨天晚上都没复习。”

“真的？”刘盼盼睁着大眼。

“我还‘煮’的咧！骗你干吗？”

“那你昨晚做什么了？”

刘盼盼问了之后又恍然想起昨日走廊那一幕，今早本就要好好问问艾靓吴用新去课外辅导班找她的事，差点儿因为考试忘记，还好这时想起了。

“哦，对了，我差一点忘记，那个‘无用心’啊，昨天还真有心，跟我们问了你打工的地方，他是不是摸去骚扰你了？你说，没关系，我让你靠。”

艾靓没开口，只是整个人往刘盼盼身上倚过去。刘盼盼小愣了一下，推了她一把：“你干吗？搞女同性恋啊？”

“谁？谁搞女同性恋？”阿慢的大嗓子喊出来。

听到的同学无不转头过来盯着她们看，明白的人只当她们是死党说笑，而原先就对她们这个小圈圈不很爽的几个人，则流露出了“成天搞在一起，是女同性恋也不足为奇”的眼神。

“搞你个头啦！是你说要让我靠，我就不客气地靠啊！”艾靓说。

“艾靓，你还真皮呢！”刘盼盼拍了艾靓手臂一下。

“我这当然是‘真皮’啊！”艾靓轻抚着自己的手臂。

“什么？哈哈哈……”

刘盼盼和阿慢分别愣了半晌，然后很有默契、节奏一致地大笑起来，这笑声把小秋也引来了。

“笑什么？这么好笑，分一点来听听看嘛！”

“谁教你不早点来，来不及了，下次请早。”艾靓平静地说。

“哈哈哈，下次请早，对，下次请早。”阿慢倒是笑得停不下来。

“算了，算了，什么好笑的事没听到没关系，我比较想知道昨天吴用新有没有去找你？”

“哦，对啊，我也是正在问这个，被艾靓顾左右而言他去了。”刘盼盼大有自己被误导、寻错方向的感受。

“还说咧，就是你这个大嘴婆泄露天机，随便把我的打工地点告诉吴用新，你是要害我被主任炒鱿鱼啊？”艾靓依然不想声张打工之事，所以小声说着。

“啊，他就很诚恳地一直问，我们可怜他才告诉他，他是怎样了？去你们课外辅导班闹吗？”阿慢也跟着将声量放得极小。

“他敢？我就要了他的命。”盼盼说话声音虽小，但目光却瞪得像狠角色一样。

“对，他不敢，可是……”艾靓说。

“可是怎样，快说啦，靓。”

“嗯……昨晚啊……”艾靓才起了个头，第一节课的钟声便响起。她做了个双手一摊的动作，表示无可奈何，不是她不说，是时机不对。

“哎呀，钟打这么快干什么？”小秋抱怨着。

“去去去，回你们座位去，别害我被老师盯上。”艾靓催她们三个离开。

“哎呀，你什么时候讲？”阿慢问。

“午餐时间一边吃、一边说好了。”

“一定哦，到我座位来吃。”阿慢说。

“干吗要到你座位？我的也行。”盼盼说。

“我的靠窗又凉，不会吵到别人，也不会被听到嘛！”

几个人像十八相送一般依依不舍，艾靓再催一声：“快回去，不然中午也不说了。”

这招真好用，三个人立刻飞奔回自己的座位，吐出来那一声声“好啦！”还飘在凉凉的空气里呢！

这时班长因为低头看书，眼角余光扫到教室前门透进一个人影，以为是老师来了的他，想也不想就喊起口令：“起立。”

有人依口令站了起来，有人发现老师根本还没到，是班长乱喊一通，于是叫了起来：“起立个屁啊！老师在哪里？”

“对啊，老师没来，我们是自动罚站啊？”

因为这样的插曲，大家一致看向教室外，发现前门口站着的是毕联会会长。

“他来做什么？”艾靓心里起了疑问。

吴用新跨进三班教室，请第一排第一个位置的同学帮他叫艾靓。

那同学也真是天才，舍不得挪动他的屁股，只在位置上扯着喉咙大叫：“艾靓，外找。”

外找？这样叫外找？

艾靓心里犯着嘀咕，但她还是从教室后门出去了。

“什么事？”

“昨天晚上回家后你有没有怎样？”吴用新的态度

十分真诚。

什么？他就为问这个而来？干吗呀？这么问是什么意思？是担心？还是……

“很好啊！”才说完这句，艾靓就看见历史老师快接近教室，于是丢下一句“老师来了，放学再说吧！”便急忙走进教室。

放学再说？那她的意思就是放学后要和我见面啦，吴用新一边反复想着艾靓刚刚的话，一边慢慢地移动脚步，向自己教室走去。

“快，艾靓，快说，吴用新昨晚有没去找你？”小秋送了一口饭进嘴里才问。

“小秋，姐姐没教过吗？嘴里有东西不要说话，没礼貌。”刘盼盼推了一下小秋，小秋尴尬地笑着。

“你都不知道昨天吴用新被我们拷问。”阿慢竟然把话题跳到前一段。

“啊？”对艾靓而言，这还真是新闻。

“哎呀，这个等一下再说，先听艾靓说嘛！”

“哦。”

在这三人吵嚷不休的时候，艾靓把握时间先吃了几口饭，这时口里正嚼着呢！

“快说嘛！干吗不开口咧？”刘盼盼推推艾靓。

好半天艾靓才把饭菜吞下肚，慢条斯理地开口。她先是吐盼盼的槽：“姐姐有教过，嘴里有东西不能讲话嘛！”

“去你的姐姐有教过啦！”

“好嘛，我说我说。我不知道吴用新几点就去课外辅导班，反正我下课送小朋友出来，他就出现了。”

“就这样？”三个人都不相信只有这样平淡的情节。

“不然还要怎样？”

“他跟你说什么？”

“跟我道歉啊！”

“跟你道歉？”又一声惊呼，因为声量颇大，还引来同学的注目。

“嘘，小声一点。他是跟我道歉啊！”

啊，对了，吴用新那臭小子昨天一定不只说了一句“需要钱、需要奖学金？”而已，他铁定还对艾靓做了什么事，她才会哭着跑走。

难怪他会问艾靓打工地点，难怪他会去道歉。三人不约而同在心里有了同样的解读。

刘盼盼首先发言了：“那小子昨天对你怎样了？把你搞得……”

“喂，胖胖，说得像样一点嘛，什么他把我搞得怎样，能听吗？”

“胖是说昨天放学时你……”小秋正接着要说，艾靓又再度抢拍，“那是我自己太敏感了。”

“你敏感？”

“他到底做了什么？”

“是他说了什么好不好？我真服了你们三个，逼供啊？”

“嘿嘿嘿……好啦，快说，他说了什么害你那么伤心？”

艾靓干脆把昨天的事情说个仔细，一来满足这几个死党的好奇心，二来也让自己免于再受疲劳轰炸之苦。

“就这样？就因为他说了一句‘需要钱、需要奖学金是吗？’这样的话，你就哭了？”

三个人的表情皆是难以置信，她们想不透只因为这句话，艾靓就有那么大的反应，这是真的吗？可是艾靓说的又和吴用新昨天告诉她们的一模一样，叫她们不得不信。

“所以我说是我自己太过敏了嘛！”

但三个傻大妞的脑子还是转不过来。只不过是一句“需要钱、需要奖学金是吗？”就能把向来啥都不怕的艾靓弄哭，是艾靓小题大做吗？还是她有颗比一般人更脆弱的心、更强的自尊？

不过，她们三个人又怎么明白，平日里许多事情看似云淡风轻，实际上却潜藏着许多不可碰触的危机。如今在经济上得自力更生的艾靓，有着比其他人更强的自尊心，平常她只是硬装，而吴用新那句话，凑巧是压垮骆驼的最后一根稻草。

算他吴用新倒霉。

不，该算艾靓幸运，遇见吴用新，可以由着她哭出自己长久以来肩负的压力，然后还去向她道歉。

但这些又怎么能够在这短短的时间里，用三言两语便让几个好友明白呢？她们早已习惯新世代快速通关的做法，不容易细细用心去体会这一切。

不过她们虽是如此粗线条，却也给了艾靓最真诚、也最有力的支持。

再说，不只她们三人如此，其实有许多同学也是这样，自以为是地断章取义，加以评论身边事物。

艾靓几人正说着，马上就来了这类型的同学。

“谁过敏？艾靓啊？你哪里过敏？鼻子？还是皮肤？空气质量太差，鼻子很容易过敏，你要去看医生哦，趁早治疗免得以后带个气象鼻，时不时地揪个不停就惨了。如果是皮肤过敏就得擦药哦，免得一痒起来抓得皮破血流的，会吓坏人的。”

三年三班头号多事的李仙姬正路过艾靓桌旁，不请自来地插进话题，说完后也不等人家回应，又自顾自地回到座位，教艾靓四人哭笑不得。

“神经。”

“无聊。”

“多事。”

“好啦，待会儿她听到又自动来报到，到时候就不是只有这样一小篇啦！”

艾靓这一提醒，几人才怏怏地闭了嘴。天底下真是什么人都有，不过李仙姬也是一番好意。

可这会儿艾靓心里想的是，该怎么请盼盼帮忙去找李金裕要吴用新的手机号码？昨晚答应了何鹃茹，就一定要做到，要不然以后可没好日子过。

“想什么？艾靓，一副失魂落魄的样子。”

艾靓被看穿有心事，正好顺势请刘盼盼帮忙。“胖胖，你可不可以找李金裕要吴用新的手机号码？”

“干吗？你想倒追那个‘无用心’？”

“鬼咧，我吃饱撑着了啊？”

“那你怎么会想要吴用新手机号码？”小秋问。

“废话，要手机号码当然是打手机给吴用新啊！”刘盼盼吐槽小秋。

“屁啦，艾靓哪那么多闲钱做这闲事。”阿慢说出后才想到这话不知道会不会又让艾靓多想了，于是吐吐舌再加一句，“我是说艾靓才不像我们这么无聊，闲着没事打手机鬼扯啦！”

艾靓哪会不知道阿慢是担心她多想了，其实和死党相处久了，她自是明白她们那口无遮拦的个性，而这也是她们纯真可爱的一面，她才不会因此有受伤的感觉呢！

艾靓摸摸阿慢的头：“你想多了，我没怎样。”

“哦。”

“好了，闲话不必多说，艾靓，你为什么要吴用新的手机号码？”盼盼问。

“你不想帮我打听是吗？”

“不是啦，我要去打听总要知道原因啊。”

“好吧，我说，昨天啊……”

艾靓干脆把原来不打算说出来的事，一口气毫无保留地都说出来，听得眼前三个人是目瞪口呆，好半天没

有回应。

“你们是怎么了？定格了啊？”

经艾靓这一“解穴”，三人又都恢复过来，小秋抢着发表看法。

“我看吴用新真的是想追艾靓，不然他干吗这么大费周折，叫他家司机开车送艾靓回家？”

“嗯，我也觉得是。”

“你们少给我写剧本啦！”艾靓瞪了大伙一眼，表示不许她们胡说。

“可是我真气呢！”刘盼盼脸上明显有怒火。

“哼？”

“何家那对母女真不要脸呢！看到吴用新简直像苍蝇看到一坨屎就要黏上去……”

“什么？你说吴用新是一坨屎？”

“哎呀，不是啦，你们知道我的意思嘛，我是说何鹃茹她们母女见到什么好的，就死命黏上去，真是丢我们妇女同胞的脸哦！”

“说的也是，艾靓，那何家母女怎么这样不知道廉耻啊？”

廉耻？现在的人有几个知道？说不定连廉耻两字长什么样都不知道！

艾靓耸耸肩表示自己也不明所以。

“是说，艾靓，你干吗真的要弄到吴用新的手机号码给那个何鹃茹？”盼盼不以为然。

“我不帮她要手机号码行吗？我以后日子还要不要过？”

艾靓这么一回答，她们三人才突然想起艾靓现在正寄居何家，只能仰人鼻息，不然又能怎样？

看来艾靓算是一个识时务的人，要让自己的生活平静过下去，在不违反善良风俗之下，确实需要点弹性。不过艾靓也可以自己向吴用新问号码啊，干吗如此大费周折？

“艾靓，你直接跟‘无用心’要就行了嘛！”阿慢明白说出。

“是啊，这样也不必透过胖和那个跟屁虫。”

“才不要呢，这样吴用新说不定会误会我和他呢。”艾靓嘟着嘴说。

“嗯，说得也是，这样便宜了吴用新，还是胖你去要吧。”阿慢也同意艾靓的说法。

“好啊，午休之后我再去找李金裕要就是了！”

“胖胖，谢谢，你真好。”艾靓揽着刘盼盼道谢。

“少来这一套，等一下会被人家说我们是女同性恋哦！”

“管他们说什么……”

“真羡慕你们，感情真好。”

突然自窗外冒出的男生声音，幽灵般地吓坏了四个闹在一起的女生。待她们偏头一看，才发现是高政倚着阿慢座位旁的窗棂说话。

“你要吓死人啊？”盼盼狠狠瞪他一眼。

“真是不好意思，吓到你们了。”高政搔搔头，腼腆地笑着，表示他并非故意。

“你要做什么？”小秋看见高政眼神全飘到艾靓那儿，想也知道又是一个艾靓的追求者，所以故意这么问，她倒要看看高政敢不敢直说。

“我来看艾靓。”

“看我？”艾靓指着自己露出笑容，“我有什么好看的？”

“这不是好不好看的问题，是我想来看你，这么简单的事而已。”

哎哟，拜托，这位先生，你也学着会说话一点，什么叫“不是好不好看的问题”，那不然艾靓的清纯美女是浪得虚名的啊？阿慢对高政的这句话有点“感冒”，于是站起来质问高政。

“喂，你说这话是什么意思？说我家艾靓不美、不正啦？”

“艾靓是美女我知道，我的意思是……”

“好了，我明白了，你不用再向她们解释。”阿慢的举动已经引来同学们好奇的眼光，艾靓不想因此成为同学说笑的对象，于是赶紧结束话题。

艾靓走出教室，高政似乎是受到鼓舞似的堆满笑容。他觉得自己比之前又更接近艾靓一步，如果以这样的情形继续发展下去，他和艾靓要成为男女朋友指日可待。

“快午休了，你要说什么请快。”

“我……是要问你喜欢那双毛拖鞋吗？”

“嗯……”

高政这一提起，艾靓心里暗叫一声不妙，她压根儿忘了高政送她“毛拖”这件事。

上星期高政送她毛拖鞋的那天，她跟死党说要送人，结果回到家往衣橱里一放就忘了。偏偏高政这人又如此在意，还特地跑来问，该怎么回答才不会伤了他，也不会让他误会自己喜欢那双拖鞋呢？

“嗯……现在天气还暖和，还没能派上用场。”自己说得也是实话。

“说得也是，天气还不冷。你的意思是你喜欢啦？”

“嗯，还好。”

“喜欢，那下次我再送你同牌子的围巾、手套、袜子。”

干吗？这人当台湾是北极吗？艾靓愣住了。“台湾没这么冷吧？”

“呵呵……”

看来这个高政是个不知道变通、死脑筋的人。遇上这样的人，艾靓还真有点儿受不了！

幸好这时敲起午休钟声，帮助艾靓解除警报。高政在不得不回教室的情况下，恋恋不舍地频频回头向艾靓挥手说再见。

第9章　委曲求全

“艾靓，艾靓。”

艾靓回头一看是吴用新，可他的表情怎么是气呼呼的？

“什么事？”

“什么事？问你啊。”

“问我？”艾靓被这话问得丈二和尚摸不着头脑，到底发生什么事要问她？她自己也莫名其妙呢！难不成她忘了今天有会要开？

不对啊，早上吴用新到教室来找她的时候，也没说到要开会啊，那时因为历史老师来了，自己随口说了放学再说，他真记在心里啊？可是那时他挺正常的啊，怎么上了一天课，人就变了？

“究竟什么事？毕联会今天没开会吧！”

“不是开会的事。”

“那又是什么事？你好像不太高兴哦！”

吴用新心想，算你头脑还清楚，看得出我不高兴。

“你为什么替何家那个小恶女要我的手机号码？也没先问问我是不是要给她？”

噢，原来是为了这件事，不过是给个手机号码，有必要这么生气吗？他们有手机的人不是都喜欢给人自己的手机号码？

“不过是给她手机号码而已嘛！”

“你说这什么话？什么叫‘不过是给她手机号码而已’？你没看她那个人那样难缠，如果给她我的手机号码，以后我就不得安宁了。”

啊？吴用新说得好像真的呀，何鹃茹昨晚吵着要吴用新手机号码时，不就一副她就是要黏着吴用新的架势吗？怎么办？自己一时没细想，好像真给他增添困扰了。

艾靓不禁觉得自己思考有欠周详，没先问过吴用新，就自作主张央着盼盼向李金裕要他的手机号码，难怪他要不高兴了。

“噢，真对不起，没先问过你……”

艾靓一语未竟，吴用新就说：“你就是问了，我也不想给。”

“噢。”艾靓明白，这事真的不能强求，但是好友盼盼已经帮她问来了，今晚回到何家，她对何鹃茹已能有个交代。不过吴用新的心情她也能理解，所以也就没再多说什么。

放学时候老是拖拖拉拉才出教室的刘盼盼三人，这时也走到他们身旁，但一看两人谈话的表情就感觉不太对劲。三人都一头雾水，于是刘盼盼这个天不怕、地不怕的女生开口问道：“你们两个今天又是怎么了？每天都要上演一出戏给我们看啊？”

另一头走来的李金裕接下去回答："还不就是因为你向我要吴用新的手机号码，他不爽啦！"说着一手指向吴用新。

"又是我了？"刘盼盼指着自己不解道，"我哪里惹你了？不过是要个手机号码而已，你就不爽我了？"

刘盼盼欺身过去，吴用新直挺挺地站着，对于这件事，他自认生气是合情合理，又不是像昨天惹艾靓伤心是他理亏。

"胖胖，不要这样。"艾靓拉拉刘盼盼的衣角。

"胖，你想再让教官来啊？"小秋提醒。

忍下这口气，刘盼盼怒视吴用新，吴用新却开口请她评评理。

"刘盼盼，你说，如果是你，人家没问过你，就把手机号码给你讨厌的人，你不生气吗？"

"哪个讨厌鬼？"阿慢一时没反应过来。

"哎呀，就艾靓何叔叔的女儿何鹃茹嘛！"小秋开口点破。

"哦……是这个呀，原来你不爽这个啊！你不要给就好了呀！"盼盼说。

"你说啥？是我给你的呀！"李金裕撞了撞刘盼盼手肘。

"噢，还真是你给的，那你干吗给我咧？他不同意你干吗给？"

"我怎知会是这样，我还以为那个何鹃茹也是美女，吴用新会乐得很……”

“你欠扁啊？”吴用新打了李金裕一下，李金裕环抱着头闪到刘盼盼身后。

“都已经给艾靓了，你是要怎样？”盼盼双手抱胸看着吴用新。

“你知，艾靓知，就是别让那个何鹃茹知道。”吴用新接腔。

“嗯……那我一定永无宁日了。”艾靓说罢，向大家道声“再见”后就准备前往打工的补习班。

艾靓喃喃自语的委屈神情看在大家眼里，不禁同情起她的境遇，可是他们又能如何？要面对何家难缠母女的是艾靓。这下子，艾靓没有达成任务，何鹃茹一定不会放过她的，宠女儿的何妈妈铁定也会帮着何鹃茹，到时艾靓一定会被整得惨不忍睹。

艾靓那句“我一定永无宁日”，吴用新听得清清楚楚。如果他和艾靓两个人当中必须有一个人不得安宁，他愿意由自己承担，艾靓要烦心的事已经够多了，反正他空闲的时候多，正好可以来治治何家那个烦人小恶女。

何况手机是他的，他高兴开机或关机，谁又奈何得了？大不了以后另外弄个号就是，这部手机经常关机不就结了？

这一想，吴用新马上飞奔过去，追上艾靓。

“艾靓，你还是把我的手机号码给那个小恶女好了。”

“什么？没关系吗？”

“没关系的，我自有处理方法。”

“好吗？”

“当然好，这样她才不会找你麻烦，你的时间已经被分割得支离破碎，能复习功课的时间不多，再让她烦你，那你怎么读书？你还要上大学，不是吗？”

“……”

艾靓仰头，在吴用新眼里看到肯定、温馨、支持，有这种同学相互支持的感觉真好。不过，现在不是沉溺在这种感觉的时候，不赶快去上班，课外辅导班的主任鲁太太可不见得会像吴用新这样体贴人啊！

“噢……谢谢你，再见啦。”

晚上一踏进何家玄关，何鹃茹早就坐在沙发等着了。正好，艾靓也想赶快把手机号码给她，然后赶快闪人，她可不能再虚耗一个晚上。今天数学才考了六十五分，是个大警讯，如果再因为琐事占去温习时间，到时候大学梦碎，她就欲哭无泪了。

何鹃茹拿到吴用新的手机号码后，马上迫不及待地转身跑走，连一声谢谢也没有，再一次凸显出她的没礼貌、没教养。

艾靓知道何鹃茹是要去拨手机给吴用新，不禁甩头苦笑，这么努力想和吴用新交往有用吗？艾靓很想把何鹃茹喊回来，告诉她该把精神好好放在温习上头，中考马上就要来临，先考上高中，将来再去烦恼交友的问题也还不迟啊！

但艾靓是心有余而力不足，何妈妈不见得会领这个情，何鹃茹更可能挖苦她。算了，何必为人操这么多心呢？自己的事都自顾不暇了。

艾靓换下制服，进浴室洗个热水澡，好消除一天的疲劳。可是，当她一脚跨出浴室时，却差点没撞上门外臭着一张脸的何鹃茹。

“啊！”艾靓难免受到小小惊吓。

“怕什么？你心虚啊？”

“什么？”艾靓就不信一开门见到一张臭脸，你不会吓着？

“你给的号码到底有没有错？”

“是吴用新亲手写在纸上的，不会错吧？”艾靓哪知那张小纸条是谁写的，但为了安何鹃茹的心，给自己争取更多温习的时间，她不得不加了这句。

“是他自己写的？不是你？”

“你看那是我的笔迹吗？怎么了？”

“我打了好几次都是‘您拨的电话未开机，请稍后再拨。’”

“那就稍后再拨嘛，有点耐心。我要进房间了，你再去试，今天不成，明天再试啊！”

“噢。”

掩上门，艾靓倚着门窃笑。吴用新你还真贼呢，给了何鹃茹手机号码，却不让她打通，是耍着她玩啊？

可她也为何鹃茹这个傻恶女感到可悲，她的生活重

心除了交友之外，难道没别的了吗？

但是，不对啊，何鹃茹如果还是打不通，自己的下场或许会比现在更惨？真是的，吴用新你还真是“无用心”，我会被你害惨啦！

明天，明天要记得拜托吴用新，请他行行好，接一次何鹃茹的电话吧！

“当当……”

艾靓温习温得正专心，一阵敲门声干扰了她，她心里拂过一阵不祥的预感，八成又是何鹃茹来兴师问罪的。

唉！有什么办法呢？这就是寄人篱下苦命女的悲惨噩梦啊！

艾靓还没回应，门又是自动打开，人也大大咧咧又气呼呼地闯了进来，还一次闯进两个。

天哪！真是要来疲劳轰炸的吗？

艾靓瞄一眼手表，啊，都已经十一点四十分了，这对母女真是不会替人着想，凡事只要她们喜欢就好。

“艾靓，你说，你是故意的吗？随便弄个号码糊弄我们鹃茹，你心眼真坏呢！”

“怎么了？还是不通？”艾靓直接跳过何太太问起何鹃茹。

“对啊，吴用新为什么不开机？”

“我怎会知道。”

“你少说这种不负责任的话，这个手机号码八成是你捏造出来的。”

我怎么不知道我到底该在这件事情上负啥责任？这个妈妈真是蛮横，也难怪会教出一个骄纵的何鹃茹。艾靓的情绪翻腾着，但她说出口的还是合情合理的话。

“何妈妈，这手机号码千真万确是吴用新给的，除非他戏弄我，但是应该还不至于，说不定今晚人家家里有什么重要宴会，他不方便开机。现在也晚了，你们就先去睡吧，明天我上学时再问问吴用新。”

艾靓刻意强调“宴会”两个字，希望能吸引何鹃茹母女。果然，何太太的态度因此稍微软化了些，但为了维护她高高在上的尊贵，她还是又丢下一句警告。

“你最好不要在这之中搞鬼，不然我饶不了你。”

“我不会的。”艾靓故做毕恭毕敬状，“鹃茹，你别难过，明天我会问个详细，说不定你明天一打就通。”

“你问的时候不要太凶哦。”

你凶我就可以，却叫我不能凶别人，那人还不是你的谁呢，这有道理吗？

可是，我又是她们的谁？

艾靓目送这两个人出她的卧室，然后大大叹了一口气。真是无药可救啊，这对母女。

第10章　甜甜一笑

“艾靓，这个给你。”

不知道从哪里冒出来的高政塞给艾靓一个百货公司纸袋。

“这是什么？”

这次没拿着就跑，不一样哦！“你看吗！”高政挑挑眉示意艾靓打开纸袋。

咦？一双拖鞋，还是室内拖鞋，这个高政干吗呀？他只认识拖鞋吗？艾靓撇撇嘴无奈笑了。艾靓的这一笑，高政竟看不出来没带一丝一毫的喜悦。

“喜欢吗？现在还不到冬天，那双毛拖鞋你先放着，穿这个刚好。”

“我……”

艾靓其实是哭笑不得，她正要拒绝，却见李金裕远远朝他们走来。

李金裕看到艾靓手上那只袋子，不必细想也知道又是高政这小子的追求花招之一。

他到底都送些什么给艾靓啊？吴用新再不加油，美女只好拱手让人啦！可是不管怎样，吴用新是他的哥们，他可以先为吴用新做点事啊。

“高政，你很勤嘛！”

“什么？”

“我是说你可真勤着送礼给艾靓啊。”李金裕挑明着说。

“呵呵，小礼物而已。”高政笑得腼腆。

最好你这是小礼物，那都是名牌货，没有千，也要百，我是买不起的。

艾靓心里刚溜过这些，便看见从校门口走进来的阿慢，以及追在后面跑的盼盼。

“又是礼物啊？高政送的？”阿慢先问。

“见者有没有份？”盼盼问的竟是这个。

“胖胖。”这叫艾靓很尴尬。

“嘿嘿……”高政腼腆地笑着。

李金裕逮到刘盼盼这话的缝隙，见缝插针：“嘿什么嘿，有诚意的话，就她们几个死党都送个礼啊！”

要死啦！这个李金裕坑人也不是这样坑法，要是连其他三人都送同款礼物，高政钱包可要大失血了。艾靓张大眼看向李金裕。

高政虽然看起来憨憨的，可也还是个有脑袋的人。李金裕都在艾靓面前这么说了，他要是没有一口答应，可会让艾靓和她好友看扁，那不就前功尽弃？

幸好李金裕只说送个礼，也没说是送和艾靓相同的礼，这就好办些。不过，得快把这事答应下来，以免李金裕再加上一句“送一模一样的礼”，他可就吃不消了。

“送艾靓每个死党一个礼是吗？行，我答应了。”

“哦？”这一声吃惊的反应，不只发自女孩口中，连提出要求的李金裕也难以置信地张口结舌。

高政这臭小子摆阔啊，我故意要他送艾靓每个死党一份礼物，他还真答应，那我不是给老大捅了娄子？

李金裕自责给吴用新帮了倒忙，平白让高政在女孩面前多了些分数。

一旁的艾靓实在不忍高政被李金裕耍着玩，而高政也没必要陪李金裕玩这无聊游戏。

“高政，你不需要……”

“需要，哪不需要？”盼盼巴不得呢。

“胖……”

“什么事？你们在讨论什么？”

哎，又加进一个小秋，怎么办？艾靓的烦恼又扩大一些。

阿慢拉着小秋的手叽叽喳喳，将事情的来龙去脉说了一遍，小秋当然高兴有天上掉下来的礼物啦！

“礼物？要啊，当然是要的嘛，为什么不要呢？”

“噢，小秋……”

“艾靓，我知道你是替我着想，但是没关系，这是为了表达我小小的诚意，不至于影响什么的。”

看到艾靓想阻止的举动，高政解读成艾靓的心是向着他、替他着想的，因此他整个人飘飘然得像要飞上天空的气球。

想到艾靓如此对待他，他已经是心满意足、心花怒放了，送几个小礼他还是要坚持办到的。

一旁的李金裕看到这情形，再暗暗叫声错。自己干吗没事出这个馊主意，想起来就觉得对不起吴用新，现在要如何化解呢？伤脑筋的问题正苦着李金裕。

“送什么礼嘛？高政。”盼盼问。

“嗯……请你们四个人去拍大头贴，怎么样？还可以吧！”

“什么？拍贴啊？”小秋显然高估了礼物，所以语气里充满失望。

“拍贴好啊，我们四个人呀！”阿慢说。

“嗯，反正不拍白不拍，好吧，谢啦！”

艾靓这才替高政松了一口气，也对他的机智另眼相看。这个高政虽然不多话，可也长了脑袋，并不是由着李金裕牵着乱转的。一切安全落幕，那就赶快进教室吧，还有考不完的试呢！

“走吧，我们先走了，你们两个男生继续聊吧！”

四个女生手挽着手一字排开踏着脚步离去，留下两个愣小子傻乎乎地看着她们的背影。

这是什么情形啊？还没敲定拍贴时间就落跑，到时该去哪儿付款呢？

“你们什么时候要拍贴？”高政提高嗓子问。

“再找时间啦！”

“记得告诉我，我好付钱。”

“知道了。”

“你要付什么钱？高政。”

高政回头一望，拍他肩膀的是吴用新。

咦？什么时候开始，这两个人的关系也好到可以拍肩了？

李金裕有点诧异，但更多的是愧疚。他不敢正视吴用新，这反而让吴用新察觉有异。

高政将一切看在眼里，忽然明白刚才李金裕要他给艾靓死党送礼的话，是想将他一军，为的就是帮他主子吴用新立些汗马功劳。只是李金裕做梦也没有想到结果会演变成这样，难怪现在一见到吴用新，就表现出一副做错事的样子。

看来，人啊，有时还不能太高估自己的能力，也不能太自作聪明的。

高政能顺利地将拖鞋送给艾靓，又得到艾靓的体谅与支持，这可说都是拜狗腿李金裕所赐。他这么想着，此刻心里不免心花朵朵开了。

吴用新将高政的满面春风，对照着李金裕的灰头土脸，不需细想也猜出一半。一定是李金裕戏弄高政不成，反而让高政搭了顺风车，如果因此将艾靓推得距离高政更近，他是饶不了李金裕的。

不过，风度、风度，即使此刻对李金裕有许多怒气，吴用新还是得顾及风度，于是他力求镇定：“你是要请那几个女孩看电影？还是吃饭？”

“不是，是让她们去拍大头贴留个纪念。”

“你怎么会想到做这样的事？”虽然多少猜到几分，还是要当事人自己说出明确的答案。

“这呀！还得谢谢你的哥们提醒我！要不，我还没想到。”

高政这招真是高，硬是供出了李金裕。剩下的就让他们两个哥们自己去处理，他这个外人还是快闪了吧！

“你们慢慢聊，我早自习要小考，先走啦，拜拜。”哈哈，先前被李金裕糟蹋的仇一次报尽，真是爽快。

高政就这么踏着轻快步伐走向教室。

高政走远后，吴用新搭着李金裕的肩边走边说：“你这么无聊？不是告诉过你少开口吗？”

“我……”

“多说多错，你老是没办法记取教训！”

“我……”

“你真蠢，给我帮了个倒忙。”

“我……”

吴用新一直说，李金裕则是连大气都不敢吭一声。

“我什么我？你那时怎么不‘我我我’就好了！”

“老大，真是对不起。”说得还满诚恳的。

“算了，这笔账我不记，下次再犯，就让你吃不完兜着走。”

“哦。”

“追艾靓我也有自己的一套方法，以后请你少自作主张，知道吗？”

“知道了，老大。”

“喊我老大，凡事就得听我的，不要再擅、自、作、主了。”

吴用新除了在李金裕耳畔一字一字说清楚之外，还顺手对着李金裕的头打了一掌，这次李金裕乖乖受罚，大气也不敢喘一下。

艾靓被明白地视为追求目标，就是从这一天开始。

吴用新与高政分别挑明要追求艾靓，也是从这一天开始。

整个上午还算平静地度过，但午餐时间，艾靓却连一顿营养午餐都吃得不安稳。

才刚开饭没多久，高政就兴冲冲地拿着饮料来。仿佛被早上李金裕那一刺激而开了窍的他，一口气买来四瓶铝箔包饮料，分送给艾靓和她的好友。

女孩们个个眉开眼笑，这种从天上掉下来的礼物最好是天天都有。

“高政，谢啦，明天还有吗？”盼盼最敢开这种口。

“你们喜欢吗？”

“当然。”废话，凭空跑来的好事谁不喜欢？

“那好，明天再送来。”

“呵呵……太好了，先谢啦。”

高政走后，几个人陶醉在多了饮料下饭的愉快当中，你一言我一语，纷纷调侃起行情看涨的艾靓。

“人长得正真好，以后有喝不完的饮料了。”

“那也要像艾靓这样有魅力。”

“说得也是。”

“你们口渴不渴？喝饮料啦！”艾靓呵斥一声。

“是。”几人纷纷垂首吸着饮料，一抬头，靠窗的阿慢就看到从走廊另一端走近的吴用新和李金裕，而李金裕手上提着的不就是红茶店专用的塑料袋吗？看来今天老天特别照顾她们哦。

“说饮料，就来饮料，艾靓，你看那是谁来了？”阿慢指向窗外。

“不会又是高政吧？”盼盼说。

“才回去就又来，也太勤了吧？”小秋站起身向外一看，“咦，今天是怎么了？怎么每个都买饮料来？”

“什么？”艾靓听了一头雾水，小秋这话的意思，难不成又有另外一个人买了饮料来？

当吴用新与李金裕两颗头颅出现在窗外时，艾靓这才恍然大悟，但是心情也有点沉重，他和高政摆明是“开战”啦？

“喂，我老大请你们四位美女喝饮料。”

李金裕嗓子大，班上许多同学都听见了，有人哧哧笑着，有人露出羡慕的神情，还有人窃窃私语，这些都让艾靓感到不自在。

“我说吴用新，你和高政是怎么了，先后送饮料来，是想巴结我们，让我们三个在艾靓面前说好话是吗？”

“什么？高政，他也送饮料？”李金裕诧异。

“对啊，你看就是这个。”

这是什么？英雄所见略同吗？想追的女孩是同一人，连用到的招数也是同一招？

吴用新心里很不服气，他怪自己动作总比高政慢一步，前天自己好不容易建立的好局势，眼看就要失去，这怎么行？

哼！这拉拢人心的手法和高政相同也就罢了，慢他一步也认了，可自己准备这多多绿茶是经过思考的，不是随意买个铝箔包就算了，这份苦心艾靓明白吗？她这几个死党懂吗？

接下来，自己特意为艾靓和自己准备的连号手机，可不能再败给高政了，一定要赶在午休结束前拿给她。要是艾靓接受了手机，将她追到手的胜算才大些。

“没关系，你们几个女生多喝点流质，好让皮肤更光滑。多多绿茶帮助消化，养颜美容、健胃整肠。”

话说得真好听，惹得几个女生咧嘴笑开怀。

“吴用新你真会说话，我挺你，想追艾靓，你尽管来吧！”盼盼似说醉话。

“胖胖，你胡说什么？”艾靓脸红了。

“哈哈，大块头说得好，我喜欢。”李金裕一高兴便口无遮拦，没想到已经踩到刘盼盼的死穴，刘盼盼立即变脸。

“你说谁大块头？哼！你喜欢，我就不喜欢咧！”

说着顾不得吃到一半的饭菜，立刻起身跑出教室外追打李金裕，李金裕便在走廊上跑着让她追，其他人只听见盼盼的尖声喊叫。

“有胆敢喊你就别跑,死李金裕,看我饶不饶得了你？”

这一幕让艾靓突然想起何鹃茹，不由得一颤。一早让高政扰得忘了要问吴用新昨天关手机的事，幸好现在想起来，否则晚上回家讨骂的便是她了。

艾靓走出教室，委婉地拜托吴用新：“昨晚何鹃茹一直拨你手机都不通，三番两次跑到我房里质疑我乱给号码，后来连她妈妈都来指着我骂。可不可以请你今天开一下手机，让何鹃茹打通一回吧！”

“什么？她打不通就找你麻烦，这人真可恶。”吴用新气得牙痒痒。

“我拜托你帮我一次忙，无论如何今天开个机，让她和你说一次话，你可以跟她说清楚、讲明白，让她死了心。”

“我……好吧！”吴用新之所以答应是不忍心艾靓受责难。

“谢谢你。”

“小事一桩。”

是吗？是小事吗？倘若是小事你又何必关手机？艾靓心里这样想。

“艾靓，午休结束后，请你到礼堂前来一趟。”

“有事吗？”

“我有个东西要给你。”

“什么？”

又要送礼吗？虽然艾靓对吴用新的好感多过于高政，但是高考在即，毕联会事多，而且哥哥在 E-mail 里也再三提醒，事有轻重缓急，千万不能弄错顺序。前些时候爸爸打电话到何叔叔家，还再三叮咛她要先顾好功课、顾好大考，再去顾好自己正承担的毕联会。

其实艾靓认为重要的事，都是和培养个人能力有关的事物，她还没准备好要将心思花在恋爱上面，偏偏爱神一直将箭射中男孩的心，教他们追着她跑。

“请你一定要来，也请你不要拒绝我。”

“……”

艾靓怔住了，一定得去吗？不能拒绝吗？去了，不就表示自己乐意接受他的礼物？这和被高政硬塞下礼物是不同的。

但此时已没有足够的时间让艾靓细想，因为除了李金裕和盼盼旋风似的跑回来外，午休钟声也响起了。

吴用新临离开前，非常诚恳地再对艾靓说一次：“请你一定要来，午休后，礼堂前。”

午休后，礼堂前。

这算是吴用新和艾靓的第一次约会吗？

他们两个人心里都同样有着一份默契，也同样感受到一种异于往常的感觉，所以不约而同都避开跟班，单独现身。

两个人突然单独相处，又是经过那一日的误解、哭泣、道歉、接受等转折，吴用新会将此解读成什么？接受他的追求？那么以后在毕联会里该如何共事？在校园里遇上高政的时候，多少会有些不自在吧！这是我要的关系吗？

艾靓在心里一遍遍问着自己，和吴用新、高政之间不能只是单纯的同学吗？大家一起切磋功课，互相关心支持，不是很好？

学校老师常要他们以平常心看待高考，那男女同学之间的交流，是不是也该以平常心对待？不必刻意视作一对，大家都是好朋友嘛！

艾靓决定了，她要这样告诉吴用新，改天她也会这样告诉高政，不要因为暧昧不清的态度，而让彼此之间多了别扭。

吴用新看见艾靓远远向他走来，那份恬静的美显出艾靓的另一面样貌。这便是我要的啊！不能放掉她，不能……

“嗯？你说什么？”艾靓好像听到了什么？

“我？没说什么。”如果明说出来，不吓跑她才怪！

但是约艾靓来这里，不就是要借着送手机跟她告白，怎可让气氛又沉静下来？这一想，吴用新又开口了。

“哦，对了，这只手机给你用。”说着便从口袋里拿出一只轻巧可爱的手机，向前要递给艾靓。

艾靓定定地看着，并没有伸手去接。

“你不喜欢？”

她不是不喜欢呀，几时有人对她如此贴心？善感的心灵又承载了一湖水，水波荡漾，差一点人也要醺醺然了，但这不是现阶段的她想要的啊！

“你怎么知道我没手机？”受伤的感觉又悄悄浮起。

吴用新也察觉自己太唐突，他应该先跟艾靓说明一切，等她同意了再拿出手机，他怪自己太过心急。

“哦，是李金裕问了刘盼盼后告诉我的。但是我要给你手机不是因为这个因素，而是我希望能常和你讲话。”吴用新说出真心话。

“讲话？”

“哦，我的意思是，我想找你的时候有手机就方便多了。”

哎呀，是在说什么？不会直截了当告诉她，我、喜、欢、你？

吴用新不是不敢这么说，他只是不希望太直接而让事情没有回转的余地。万一她立即拒绝，除了他会失落外，两人之间可能也会徒增尴尬。

再说，从各种途径学来的恋爱术，不都强调暧昧朦胧是最美境界？

艾靓听了吴用新这一说，双颊立时刷上了一片红云，她总算明白吴用新的心意。

“喏，你拿着，号码是××××××。”

吴用新的手再往前伸出一寸，“从今以后，这是你

的专用手机，你尽管使用没关系。”

尽管使用？没关系？手机费不便宜呢！

艾靓抬起头看着吴用新，眼神中有受宠若惊，但更多的是坚定的决心。

“可是，手机……我用不到，你留着自己用吧。”艾靓还是没有伸手去接的意思。

“别可是了，这是我的心意，以后我会常打给你，你也要常打给我，怎会用不到？”吴用新从口袋再掏出一部一模一样，同款不同色泽的手机，“我的是这部，××××××。”

“咦？”一模一样的款式让艾靓不禁张大眼，而且还连号？她想到这是广告里的情侣手机，吴用新的意思是……

“这两部是一组的，你一部，我一部。”

哎呀，说得够白的了，这下子艾靓整颗心扑通扑通，就要往喉咙外跳，脸上更是一阵蒸腾红潮。

不行，得赶快澄清，把话说得再明白一点，不然会害了吴用新，也会徒增自己的困扰。

“我想你可能误会了，现在我的心思全部都在一月底的高考，其他都不是我所想要的……”

“你……”

“我很谢谢进了毕联会后你给我的支持，最近给你增添了麻烦，你都没多计较，这些我都很感谢，不过，我们，你、我、高政、胖胖、阿金都是同校的同学，都是好朋友嘛！”

吴用新自然明白艾靓的意思，但这与他原先预期得到的响应不同，一时间，他想不出该说什么。

冷不防的，从礼堂右侧冒出高政略带酸意的话：“你们两个躲在这儿做什么？”

吴用新想借手机表白的计划落空，加上突然又杀出个程咬金，他担心艾靓刚才的说法是为高政预留空间，于是犀利眼神射出去的是“要你管”！

而艾靓呢？只见她定定地看着高政，再转头看向吴用新，目光中散发着坚毅。

“我们在讨论好同学就是要互相扶持，不要用自己的想法定义朋友的意义，大家都是好朋友，你说是不是？高政。”

“大家都是好朋友？”艾靓要表达什么，高政其实不很明白，不过又怎样？至少她承认大家都是好朋友了。

艾靓觉得自己此话一出口，算是对自己做了交代，也给吴用新和高政很清楚地回应。随后她微笑着准备离去，高政和吴用新互看了一眼后又是一愣，不约而同喊出：“艾靓，你怎么要走了？”

艾靓转过身：“我下午第一节要小考英文啦！你们也赶快去读书吧，快高考了呢。”临转身时，艾靓的脸上所绽放的笑容，比任何时候都甜美。

小考？对啊？好像我们班也要小考物理？

高政也跟着想到自己有考试，艾靓说得对，赶快去读书才是当务之急。

连高政都要离开礼堂了，吴用新深深吸了一口气，再看看自己手上握着没送出的手机，虽然表白被艾靓婉拒了，但是他心里没有怒气，也没有责怪，对艾靓更是多了几分敬佩。

家道突然中落的艾靓，没被恶劣的现实打倒，反而越挫越勇，而且不以悲情姿态来博取同情。能和这样的艾靓一起学习、同在毕联会共事，并且成为朋友，就够了。

未来的事会如何发展，谁也不敢预料，他，还是有机会的。

如此一想，干脆就先把精神放在即将要面临的高考吧！

吴用新提起脚跟也跨步走回教室，他边走边回想艾靓临去时秋波里的甜甜笑意，不由得在心里向艾靓致敬，这女孩真是了不起！